Eva Rechlin

Gemeinsam unterwegs mit dir

Eva Rechlin

Gemeinsam unterwegs mit dir

Geschichten zur Erstkommunion

Mit Illustrationen von Ingrid Kesper

Verlag Butzon & Bercker Kevelaer

Die Deutsche Bibliothek – CIP-Einheitsaufnahme

Ein Titelsatz für diese Publikation ist bei
Der Deutschen Bibliothek erhältlich.

verlags gruppe engagement

ISBN 3-7666-0346-9

Umschlaggestaltung: Ingrid Kesper, Münster
Satz: prima nota GmbH, 34497 Korbach

Inhalt

Wir gehen aufeinander zu

Wir gehen gemeinsam

Wir suchen den Weg

Wir gelangen ans Ziel

Wir gehen aufeinander zu

Der Weg nach Dusterfeld

Wenn Fabian viel später zurückdachte an seine Schulzeit, sah er vor seinem inneren Auge einen leuchtenden Mittelpunkt: seinen Lehrer in der kleinen Dorfschule, die er damals zuerst besuchte. Vielleicht lag es daran, dass Fabian keinen Vater mehr hatte und dass dieser Lehrer – er hieß Nagel – genauso war, wie Fabian sich einen Vater vorstellte. Für diesen Lehrer hatte Fabian sich zum Musterschüler gestrampelt. Dem Menschen, den er so gern hatte, wollte er Freude machen. Herr Nagel wusste, was er dem Jungen bedeutete. Er merkte es an Fabians Eifer und Treue und mochte ihn. Seine Sympathie spornte Fabian an, und die Sache hätte eine reine Freude sein können, wäre nicht von Anfang an ein Schatten darauf gefallen; der Schatten eines recht kleinen, eifrigen Widersachers namens Frieder.

Frieder war der Sohn von Lehrer Nagel. So wunderbar Fabian den Vater fand, so grässlich fand er den Sohn. Frieder war nicht etwa ein böser Kerl, er hatte viele Freunde in der kleinen Dorfschule, allerdings auch einige Feinde. Und sein erbittertster Feind war Fabian. Wahrscheinlich waren beide nur eifersüchtig aufeinander. Wann immer

jedenfalls sie sich begegneten, fielen hässliche Worte zwischen ihnen. Frieder konnte besonders boshaft hetzen und sticheln. Wäre er nicht fast zwei Jahre jünger gewesen, hätte Fabian ihn sicher schon mehrmals verprügelt, um seinem Hass auf ihn Luft zu machen. Aber es wäre ihm feige vorgekommen, einen kleinen Jüngeren zu vermöbeln. Außerdem fürchtete er, Frieder könne ihn bei seinem Vater verpetzen. Jedes Mal wenn Fabian ihn sah, dachte er: Eines Tages wirst du schon noch für deine Gemeinheiten bestraft. Irgendwie muss sich ja einmal die Gelegenheit zur Rache ergeben. Sein Hass auf Frieder war in ihm beinahe so groß wie seine Zuneigung zu dessen Vater.
Eines Tages nun teilte Lehrer Nagel den Kindern seiner Schule mit, dass er einen zweitägigen Schulausflug mit ihnen plane. Es solle in ein sehr schönes, noch unberührtes Waldgebiet ihrer Heimat gehen mit Übernachtung in der Scheune eines verlassenen Forsthofes. Die Kinder jubelten begeistert und konnten das für den Ausflug vorgesehene Wochenende kaum erwarten.
Der Samstag, an dem es endlich losging, brachte kein besonders schönes Wetter. Ein von Wolken verhangener, diesiger Tag, ohne Regen zwar, doch traurig und grau. Doch in ihrer Freude störte es die Ausflügler nicht sehr. Ungeduldig erwarteten sie auf dem Bahnsteig des nächstgelegenen Städtchens den Zug, der sie in die großen Wälder bringen sollte. Jedes Kind trug einen Rucksack oder einfach den Schulranzen auf dem Rücken mit dem nötigen Reiseproviant, Waschzeug, Jogginganzug und einer Wolldecke drum herum. An diesem Tag dachten Fabian und Frieder kaum an ihre Feindschaft.

Bei der Abfahrt des Zuges sangen die Kinder vor lauter Freude ein Lied. Noch immer singend stiegen sie zwei Stunden später aus – auf einer einsamen, schon mitten in den Wäldern gelegenen Bahnstation. Das dazugehörige Dorf Dusterfeld lag einige Kilometer westlich von der Bahnstrecke, das größte Dorf weit und breit. Sonst gab es weit verstreut nur einzelne Bauerngehöfte und Weiler und eben das längst verlassene Forsthaus mit Nebengebäuden. Dazwischen einzig Wald, endloser lichter Kiefern- und Buchenwald, hin und wieder ein kleiner See. Das Wanderziel der Ausflügler war der Forsthof, in dessen Scheune sie übernachten wollten. Lehrer Nagel hatte sich die Erlaubnis dazu besorgt und auch erfahren, dass die Scheune noch benutzt und stets reichlich mit Heu und Stroh gefüllt sei.

Den ganzen Tag lang streiften die Kinder in der Nähe des Forsthofes durch die Wälder, an den Seen vorbei, fanden Preiselbeeren und Pilze, sahen von weitem Rehe und sogar einen Hirsch. Bis zur Abenddämmerung waren sie rechtschaffen müde. In der großen Forstscheune war Platz genug. Jeder suchte sich ein bequemes Plätzchen. Das abendliche Bad nahmen sie im nahen Waldsee, und bald darauf lagen alle auf ihren Stroh- oder Heuhaufen unter den Wolldecken und ließen sich die Augen zufrieden zufallen. Ein herrlicher Ausflugstag verging. –

Es war noch dunkel, als Fabian plötzlich wieder erwachte. Es war sogar stockdunkel, höchstens erst Mitternacht. In seine Träume war ein qualvolles Stöhnen gedrungen und hatte ihn geweckt. Jetzt hörte er es wieder. Es klang, als wälze sich jemand in entsetzlichen Schmerzen. Zugleich hörte Fabian die aufgeregte Stimme des Lehrers, hörte einige Mädchen weinen, überall raschelte es in Heu und Stroh – das ganze Nachtlager ein einziger Aufruhr. Jemand öffnete das Scheunentor, rannte hinüber zum alten Forsthaus, kehrte mit einer hell flackernden Stalllaterne zurück. Der Lehrer übernahm sie vorsichtig und doch pendelte sie in seiner Hand, als zitterte der Mann am ganzen Leib. Er beugte sich über ein im Stroh zusammengekrümmtes Bündel und leuchtete ihm ins Gesicht. Das Bündel stöhnte grässlich. Als Fabian sich aufrichtete und hinkroch, sah er, dass es Frieder war, an dessen zerwühltem Lager der Lehrer in solcher Aufregung kniete.

Frieder sah aus, als läge er im Sterben. Einige Kinder jammerten: „Vielleicht hat er giftige Tollkirschen gegessen oder Pilze? Da waren nämlich welche!" Solche Vermutungen machten die Sache kein bisschen besser. Fabian blickte auf Frieder. Durch seinen Kopf purzelten all die hässlichen Erinnerungen an seinen Feind. Dies ist seine Strafe, dachte er, er hat sich selbst vergiftet. Ich brauche mich nicht zu rächen. In seine schwarzen Gedanken brach plötzlich die vor Angst helle Stimme seines Lehrers ein: „Man müsste einen Arzt alarmieren ... Wir müssen irgendwie sofort einen Arzt holen! Das nächste Telefon ist auf der Bahnstation. Wenigstens bis dahin müsste jemand gehen. Ich gehe selbst!"

Sofort brachen die Mädchen in noch heftigeres Weinen und Schluchzen aus: „Sie dürfen uns doch nicht alle allein lassen! Allein hier mitten im Wald! Nein. Sie müssen hier bleiben, oder ... wir ..."

Fabian sah das verzweifelte Gesicht des Lehrers. Ein seltsamer Gedanke fuhr ihm durch den Kopf: Es ist wie mit

Gott. Wenn ich ihm beweisen will, dass ich ihn lieb habe, muss ich seine Kinder lieb haben, sie sind Menschen, und Frieder ist des Menschen Kind ... Im nächsten Augenblick stand Fabian am offenen Scheunentor und rief: „Ich laufe zur Station! Ich alarmiere den nächsten Arzt!"
Der Lehrer stöhnte: „Fabian, Junge, es ist finsterste Nacht. Du müsstest weit durch den Wald, könntest vom Sandweg abirren. Ich kann das nicht zulassen."
Fabian riss sich einfach los. Er rannte wie gehetzt über den Forsthof, hinaus auf den Waldweg. Er dachte jetzt nicht mehr, rannte einfach – er rannte für Frieder, von Angst gejagt. Angst um Frieder und Angst in dieser entsetzlichen Finsternis und Einsamkeit. Und vor allem rannte er für seinen Lehrer. Mit fliegendem Atem erreichte er das kleine Stationshäuschen. Es gelang ihm gerade noch, dem Stationsvorsteher die nötigen Angaben zu machen, dann verlor er vor Schwäche das Bewusstsein.
Als Fabian wieder zu sich kam, lag er im Stroh. Über seinem Kopf hing an einem Balken die Stalllaterne. Kein Zweifel, er lag in der Scheune des Forsthofes. War er denn nicht zuletzt auf der Bahnstation gewesen? Er drehte den Kopf zur Seite und sah Frieder neben sich liegen. Frieder lag ganz still, atmete tief und gleichmäßig, schlief einfach nur, war nicht tot. Fabian hob vorsichtig den Kopf, beugte sich zu seinem Feind hinüber. Er war glücklich, dass Frieder schlief und nicht gestorben war. Da zog ihn unversehens eine Hand zurück auf sein Lager. Als er aufsah, blickte er in die Augen seines Lehrers. Der flüsterte: „Der Arzt hat dich in seinem Wagen mitgebracht. Es war wohl über deine Kraft gegangen. Aber du hast ihn gerettet, Fabian. Hab Dank, Dank, Dank ..."

Fabian legte rasch den Kopf zurück, schloss die Augen und tat, als schliefe er so fest wie Frieder.

Das andere Kind

Lass das Kind nicht abseits stehn
mit der andren Haut.
Gott hat es so lieb wie dich,
wenn er auf euch schaut.

Wag's zu sprechen mit dem Kind,
das so anders spricht.
Wenn ihr euch nicht traut und schweigt:
Gott versteht euch nicht.

Geh hinüber zu dem Kind
aus dem fremden Land.
Gott führt es genau wie dich
gern an seiner Hand.

Sing und spiele mit dem Kind
aus dem fremden Haus.
Seid ihr lustig? Seid ihr laut?
Gott hält viel, viel aus.

Das Strafgericht von Petersee

Petersee war ein Dorf und zugleich ein See. Beide trugen ein und denselben Namen, wie das öfters in unserm Land vorkommt, vor allem in seinen nördlichen Gebieten. Das Dorf Petersee lag hufeisenförmig in der flachen Landschaft. Seine einzige Straße schlängelte sich um eine Bucht des Sees. An ihr standen – zu beiden Seiten – die Bauernhöfe und Katen der Dorfbewohner. An einer Stelle weitete sich die Straße zum Platz, auf dem die Kirche stand, umsäumt von mächtigen Linden. Nicht weitab von der Kirche lag das Schulhaus, in dem der Lehrer Sellmann mit seiner Frau, seinen beiden Töchtern, seinem Sohn Tim und einer jungen Kollegin wohnte und unterrichtete. Kein Wunder, dass es das größte Haus weit und breit war. Der Lehrer war zugleich Organist in der Kirche, er war ein großartiger Orgelspieler. Die Kinder schätzten ihn. Er brachte seinen Schülern nicht nur Schulweisheiten bei, sondern auch allerlei nützliche Kenntnisse fürs ganze Leben.
Sein Sohn war von der Dorfjugend zu ihrem Anführer gewählt worden. Er war ein kräftiger Junge und gescheit. Man verstand nicht so recht, warum sein Vater ihn noch ein Jahr länger auf der Dorfschule behielt, bevor er auf die Oberschule im nächsten Städtchen durfte, doch Tim war das nur recht. Seiner Fantasie, seinem Verstand verdankten die Peterseeer Dorfkinder die Herrschaft über eine der vier Inseln im See. Der See lag wie eine riesige Perle im Land, die Inseln lagen weitab von den Ufern. Die Kinderinsel, wie sie zuletzt hieß, war zwar nicht

die größte, aber ganz gewiss die schönste. Rund um ihr Ufer stand eine dichte Wand aus Schilf und Binsen. Man konnte sie nur auf geheimen Wasserwegen durchdringen. Dahinter zog sich saftiges grünes Wiesenland eine kleine Kuppe hoch, hier und da standen üppige Holunder- und Rotdornbüsche. Weiter oben wucherten sogar wilde Rosen um windzerzauste knorrige Kiefern. Der eigentliche Besitzer war ein reicher Mann aus der Stadt. Die Kinder hatten die Insel von ihm gepachtet, da er sie ohnehin nicht nutzte. Er verlangte von ihnen nur eine erschwingliche Pachtsumme, wie Kinder sie zusammenbringen können, wenn sie sich einig sind.

Wegen der Pachtsumme war Tim die Sache mit den Schafen eingefallen. Jeder half zu Hause und bei Nachbarn so fleißig mit, bis sie als Lohn den Preis für ein junges Schaf beisammen hatten. Es gab in der Gegend genug Schafe. Für diese nun mussten die Kinder sorgen, es waren ihre. Schon im nächsten Frühjahr hatte sich die kleine Herde um einige Lämmer vermehrt. Davon verkauften die Kinder einige an Metzger und Privatleute. Mit dem Erlös für die Wolle dazu, pachteten sie also die Insel und fühlten sich auf ihr wie die Könige. Als das Gras wieder zu sprießen begann, bauten sie aus alten Kanistern und Brettern ein großes Floß, auf dem sie ihre Schafe hinüber zur Insel brachten. In der großen Gemeinschaft des Dorfes bildeten diese Kinder eine kleine Gemeinschaft, für die sie sogar einen wilden Namen gefunden hatten: die Peterseeer Haifische. Das sollte ihre Gefährlichkeit allen kleinen Fischen gegenüber bezeichnen.

Als kleine Fische betrachteten sie vor allem die Bewohner der Wochenendhäuser am Nordufer des Sees. Dort war der schönste freie Platz am See, der sich hangwärts hochzog. Hier hatten sich einige Leute aus der nahen großen Stadt Wochenendhäuschen bauen dürfen, sodass bereits eine ganze Kolonie entstanden war. Ihre Kinder verfügten über Segelboote, Kanus, Paddelboote – davon fühlten die Dorfkinder sich in ihrer Alleinherrschaft über den See bedroht. Unter den Wochenendhäuslern war es vor allem ein Junge, auf den es die Haifische abgesehen hatten. Er hieß Roland Karsten, stand in ihrem Alter. Roland besaß ein grünes Kanu mit indianischen Malereien am Bug, schmal und wendig, als hätte er es von den Mohikanern persönlich bekommen. Zum Überfluss trug es auch noch den Namen Unkas, diesen Namen eines der edelsten Indianer, von dem Lehrer Sellmann seinen Schulkindern oftmals aus einem dicken Buch vorlas.

Von den Peterseeer Haifischen besaß keiner ein Kanu. Gemeinsam gehörte ihnen nur ein alter Ruderkahn, der jedes Jahr frisch gestrichen werden musste, weil er Wasser wie ein Schwamm sog. Außerdem hatten sie das Floß für die Schafe. Kein Wunder, dass Rolands Kanu die Feindschaft bedenklich schürte. Dabei tat er eigentlich nichts Unrechtes. War er da, an Wochenenden etwa und in den Ferien, paddelte er mit seinem Kanu stundenlang auf dem See herum, fuhr gerne dicht an die Schilfränder, weil er wohl die Wasservögel und ihre Nester beobachtete, fing sich manchmal einen Fisch, studierte ihn kurz und warf ihn wieder ins Wasser. Er benahm sich eher wie ein Naturforscher, aber nicht im Geringsten als kriegslüsterner Indianer.

Zum größten Ärger der Haifische hatte Roland unter den ständigen Anwohnern einen Freund gefunden, Jürgen, den Sohn des Fischers. Seitdem mieden die Dorfkinder den Fischerjungen. Dem schien das nichts auszumachen, durfte er doch bei jeder Gelegenheit mit Roland in dessen Kanu fahren. In Wirklichkeit fühlte Jürgen sich wie ein Ausgestoßener aus der kleinen Gemeinschaft des Dorfes. Aber alle diese Dinge änderten sich schlagartig an einem Tag im Juli in den Ferien.

Frühmorgens ruderte eine Gruppe Haifische in ihrem morschen alten Kahn hinüber zur Kinderinsel, um nach den Schafen zu sehen. In der Stille der letzten Nacht hatte einer von ihnen, der dem See am nächsten wohnte, ein merkwürdiges Blöken aus der Ferne gehört. Sie fürchteten, es könne den Schafen etwas zugestoßen sein. Auf halber Höhe zwischen Land und Insel sahen sie weit draußen Rolands Kanu. Er musste schon bei Tagesgrauen aufgebrochen sein. Die Haifische beachteten ihn jetzt nicht weiter, viel zu sehr in Sorge um ihr „Kapital", um ihre Schafe, die ihnen zugleich die Besetzung der Insel sicherten. Auf ihren geheimen Wasserwegen durchdrangen sie Schilfgürtel und Binsendickicht, bis der Bootskiel am Inselufer aufknirschte.

Sie durchstreiften sofort die Insel nach ihren Schafen. Am jenseitigen Abhang der Inselkuppe fanden sie die Tiere friedlich grasend. Doch gerade als sie sich beruhigt abwenden wollten, bemerkte einer, dass ein Schaf fehlte. Sofort versammelten sich alle noch einmal und zählten nach. Wahrhaftig – ein Schaf fehlte. Und wieder begannen sie zu suchen, verteilten sich nach allen Seiten, durchstreiften das hoch stehende Gras, untersuchten die Rosenhecken, Holunder- und Rotdornbüsche. Ganz zuletzt wandten sie sich dem Binsen- und Schilfgürtel zu. Das verlorene Schaf lag leblos am morastigen Ufer. Es sah seltsam aufgedunsen aus, mit eingeknickten Vorderläufen. Sein Kopf hing im Wasser. Kein Zweifel, das Tier war tot.

Die Peterseeer Haifische machten kein großes Geschrei. Erstens sahen sie nicht zum ersten Mal ein totes Tier, zweitens würde sich dieser Verlust ja wohl verschmerzen lassen. Es kam ihnen nur rätselhaft vor, wodurch das Schaf zu Tode gekommen sein mochte. Und während sie daran gingen, es zu vergraben, damit der Kadaver keine lästigen Insekten und anderes Aasgetier anlocke, unterhielten sie sich über dieses Rätsel. Sie hoben das Grab in Ufernähe aus, legten das tote Schaf hinein, bedeckten es mit Erde und Grassoden. An Altersschwäche konnte es nicht gestorben sein. Keines ihrer Tiere war älter als sechs Jahre. „Es kann auch ertrunken sein", mutmaßte einer. Natürlich konnte es durch einen unglücklichen Umstand im Ufermorast eingesunken sein und hatte sich allein nicht befreien können, bis es erschöpft zusammenbrach und dabei ertrank. Aber das gefiel den Kindern nicht, damit sahen sie gleich auch die anderen Schafe in Gefahr.

Darum redeten sie sich andere Möglichkeiten ein: Es konnte an einer unsichtbaren Krankheit oder Wunde gestorben sein, es konnte giftiges Kraut gefressen, irgendeinen gefährlichen Gegenstand verschluckt haben! Und als die Peterseeer Haifische soweit kombiniert hatten, war es kein Wunder, dass einer von ihnen sagte: „Oder jemand hat es vergiftet."

Gift! Dieses Wort setzte sich schlagartig in ihnen fest. Ja: Gift! Und nach einer halben Stunde sprachen sie nur noch davon, dass das Schaf vergiftet worden sei. Sofort ruderten sie heim, um ihren Anführer von dem Vorfall zu unterrichten. Tim hörte sich alles an wie ein Polizeikommissar. Am schwierigsten für ihn war, dafür zu sorgen, dass jeweils nur einer redete. Er stellte allerlei Fragen – wenn er schon nicht dabei gewesen war –, schrieb sich Verschiedenes auf und ließ sich die Sache Punkt für Punkt erzählen. Das steigerte ihre Erregung, aber auch ihre Wichtigtuerei. Und so sagten sie nicht etwa: „Wir fanden das Schaf tot am Ufer liegen", sondern: „Wir fanden das Schaf vergiftet am Ufer liegen." Mit dieser Behauptung waren sie sich einig wie immer, inzwischen längst überzeugt davon, dass das Schaf einem heimtückischen Giftmord zum Opfer gefallen war.

Nachdem Tim alles gecheckt hatte, starrte er eine Weile nachdenklich vor sich hin und fragte langsam: „Habt ihr auf der Hin- oder Rückfahrt irgendwas Verdächtiges gesehen?" O ja, sie hatten etwas gesehen, etwas äußerst Verdächtiges sogar, nämlich einen der kleinen Fische, diesen Roland, den jungen Naturforscher in seinem grünen Kanu „Unkas". Oder war es vielleicht nicht verdächtig, dass der so früh schon auf dem See herumpaddelte? Und war er nicht ihr Feind? „Möglich", sann Tim laut, „irgendwie verdächtig klingt es schon."

„Er muss unser Schaf getötet haben!", riefen die Haifische durcheinander, „er wollte sich einfach dafür rächen, dass er nie auf unsre Insel durfte, nicht mal an unsern Schilfrand! Wir müssen ihn für den Giftmord bestrafen ..."

„Ihn verprügeln! Sein Kanu versenken! Ihn überhaupt

nicht mehr auf den See lassen! Ihn kurz und klein schlagen!"
Tim schüttelte den Kopf: „Nein, alles nicht richtig. Wir sind ein ordentlicher Haufen. Oder vielleicht nicht? Niemand soll den Peterseeer Haifischen nachsagen können, dass sie brutal wären und nicht vernünftig. Schließlich haben wir keine Beweise dafür, dass Roland das Schaf vergiftet hat. Die müssen wir uns zuerst verschaffen. Vielleicht bringen wir ihn sogar zu einem Geständnis? Wir müssen ein richtiges Gerichtsverfahren gegen Roland Karsten einleiten."
Seine Truppe verstand nicht so recht, was Tim damit meinte, aber schließlich hatten sie sich bisher immer auf ihren Anführer verlassen können.
„Aber wie fängt man das an?", fragten sie. „Sollen wir Roland verhaften?"
„Nein. Wir müssen erst ermitteln. Er muss ja auch nicht wissen, dass wir längst auf seiner Spur sind. Zuerst brauchen wir mal Beweise."
„Aber wie?"
„Passt auf. Jürgen, der Fischersohn, ist doch sein Freund. Versucht, ihn auszuhorchen. Ihr müsst ihn bestechen. Oder ihm drohen. Ich würde mir ihn selbst vornehmen, wenn ich Zeit dazu hätte. Aber ich muss jetzt mit meinem Vater in die Kirche. Er will auf der Orgel für den nächsten Gottesdienst üben. Das alte Ding geht doch nur mit altem Blasebalg! Den muss ich treten, damit die Orgelpfeifen Luft kriegen. Ach, ihr habt es ja alle schon gemacht. Und jetzt haut ab und macht eure Sache bei Jürgen gut!"
Sie fanden Jürgen am Seeufer beim Netzeflicken. Ängst-

lich blickte er ihnen entgegen, als die gefürchteten Haifische gleich im Rudel auf ihn zusteuerten. Wie zufällig umringten sie ihn und setzten sich im Kreis um ihn in den Sand. Er konnte ihnen nicht entkommen. Es war nicht einfach für sie, ohne Tims Hilfe anzufangen. Aber Jürgen machte es ihnen leicht. Er war es, der mit Fragen begann, die sie beantworten mussten, und dieses Wechselspiel von Rede und Widerrede führte sie ganz von selbst zum Ziel. „Was wollt ihr von mir?", begann er. „Kommt ihr wegen Roland zu mir? Der lässt gern jemanden in seinem Kanu mitfahren, man muss nur fair sein!"

„Jawohl. Wegen Roland kommen wir. Und wie du ihn gleich verteidigst!"

„Meine Freundschaft mit Roland geht euch gar nichts an. Was habt ihr eigentlich gegen ihn? Der tut doch keiner Maus was vor lauter Pflanzen- und Tierliebe!"

So führte Jürgen selbst sie in das Verhör. Nicht lange, da waren sie die Fragesteller, und er musste antworten. Schließlich fragten sie rundheraus: „Ist Roland heute Nacht oder heute sehr früh auf unserer Insel gewesen?"

„Nein, ich selbst habe ihn heute früh weit vor sechs Uhr abgeholt und bin mit ihm zum Fischen ausgefahren. Dann hat er mich hier abgesetzt, weil ich ja die Netze flicken muss, ist wieder zurück auf den See, wollte es noch mal allein versuchen."

„Ist er wirklich nicht auf unserer Insel gewesen?"

Jürgen schüttelte den Kopf. „Was soll er denn da? In Schafskötel treten?"

„Jürgen, sei nicht dumm! Wir nehmen dich auch wieder bei den Haifischen auf und verzeihen dir deine ganze

Freundschaft mit Roland, wenn du zugibst, dass er heute früh auf unserer Insel war."
„Aber er war doch nicht da!", schrie Jürgen sie an. „Was wollt ihr eigentlich?"
„Okay, okay. Wenn du es nicht zugeben willst, werden wir dich verprügeln und dich nie in unserer Gemeinschaft aufnehmen. Also? War er auf der Insel?"
Jürgen starrte sie der Reihe nach furchtsam an, sagte kleinlaut: „Aber wenn er doch überhaupt nicht auf eurer Insel war?"
Einige der Haifische richteten sich halb auf und zogen den Kreis um ihn enger.
„Willst du es jetzt endlich zugeben oder nicht?"
Jürgen senkte die Blicke, nickte kurz und sagte schwach: „Wenn ihr das unbedingt wollt? Also meinetwegen – ja."
Die Haifische hatten es gehört. Ihnen wäre es auch dann nicht entgangen, wenn er es nur gehaucht hätte. Zufrieden standen sie auf, sagten zu Jürgen: „Du wirst noch von uns hören!" und liefen zurück zu ihrem Anführer. Sie berichteten, dass ihr Verhör erfolgreich gewesen war und Jürgen seinen Freund verraten hatte. Tim antwortete grübelnd: „Jetzt muss man aber erst eine regelrechte Gerichtsverhandlung gegen Roland eröffnen. Vergesst nie: Fair bleiben!"
In ihre ratlosen Gesichter fügte er noch hinzu: „Roland muss sich verteidigen dürfen. Das steht jedem Angeklagten zu."
Ja, das sahen sie ein. Sie fanden überhaupt ein wachsendes Vergnügen daran, das Strafgericht in die Länge zu ziehen, statt es mit einer kurzen Prügelei zu erledigen.

Was hätten sie schon davon gehabt? Nichts, fast nichts. Also verfassten sie gemeinsam eine Anklageschrift und eine Vorladung zum Strafgericht für den folgenden Abend bei Mondschein auf der Kinderinsel. Roland sollte von vornherein eingeschüchtert werden, das war ihnen wichtig.
„Aber wenn er nun nicht hinkommt?", fragte einer.
„Wir teilen ihm mit", sagte Tim hoch richterlich, „dass wir sein Nichterscheinen als Schuldgeständnis behandeln und dann wilde Rache an ihm üben werden. Er hat also die Wahl. Kommt er – okay. Sonst ist er Freiwild für uns."
Eine Abordnung der Haifische brach gleich darauf auf, um Roland Vorladung und Anklageschrift zu bringen. Auch Jürgen, der Fischersohn, erhielt als Hauptbelastungszeuge eine Vorladung. Schließlich kannten sie das alles gut genug vom Fernsehen. Fehlte bloß noch, dass einer zu Tim sagte: „Euer Ehren ..."
Roland mussten sie nicht lange suchen. Er hockte am Ostufer des Sees im Schilf und beobachtete ein Nest mit jungen Haubentauchern. Wortlos händigten sie ihm ihre Schriftstücke aus. Verwundert fragte er: „Was soll denn das bedeuten?"
„Lies es und entscheide dich. Wir warten auf deine Antwort."
Roland schüttelte den Kopf, überflog Vorladung und Anklage und fragte kühl: „Habt ihr das tote Schaf denn nicht genau untersucht? Vielleicht hatte es eine Krankheit, die auch den übrigen Schafen gefährlich werden könnte. Ihr hättet den Tierarzt benachrichtigen müssen, verflixt noch mal, statt mir diesen Wisch zu schreiben!"

Die Peterseeer Haifische jedoch dachten jetzt nicht an ihre Schafe, sondern an das Strafgericht: „Kommst du – oder kommst du nicht?"
„Ihr behauptet doch nur lauter Unsinn von mir! Holt das Schaf wieder raus."
„Kommst du oder kommst du nicht?"
„Also gut, ich komme. Ich muss mich ja gegen eure verrückte Anklage verteidigen. Hätte große Lust, auch den Tierarzt zu alarmieren."
„Bei Mondaufgang auf der Insel", sagten sie kalt. Er nickte.

Tim war zufrieden, dass Roland kommen wollte, obwohl sie es nicht schriftlich von ihm hatten. Das war ihnen vor Hitzigkeit gar nicht eingefallen. „In Ordnung. Fragt vorsichtshalber eure Eltern, ob ihr abends auf die Insel dürft. Notfalls müsst ihr eben ausrücken. Und benachrichtigt inzwischen die Übrigen, damit morgen keiner der Peterseeer Haifische fehlt. Seid ihr einverstanden, dass ich die Rolle des Richters übernehme? Die Ankläger seid ja ihr."
Selbstverständlich waren sie einverstanden. „Dann geht jetzt, ich muss mich in Ruhe darauf vorbereiten."
Am nächsten Vormittag, gerade als er in der elterlichen Bücherei nach einem Werk über das Gerichtswesen suchte, kam sein Vater, der Lehrer und Organist Sellmann, und erklärte: „Tim, ich muss in der Kirche noch auf der Orgel üben. Komm bitte mit und tritt mir den Blasebalg, ja?"
Widerwillig folgte Tim seinem Vater. Der schloss die Kirche auf, und beide erklommen die Orgelempore. Schon

während der Vater das Instrument öffnete, begann Tim den Blasebalg zu treten, denn die Gemeinde war zu arm, sich eine elektrische Anlage dafür zu leisten. Tim verrichtete die gewohnte Arbeit so geistesabwesend wie noch nie. Alle seine Gedanken klebten an der bevorstehenden Gerichtsverhandlung. Er achtete nicht auf das Spiel seines Vaters, so gern er ihm sonst immer gelauscht hatte. Erst recht, wenn der Vater – wie auch jetzt – ohne Noten mit zurückgelegtem Kopf und geschlossenen Augen auf der Orgel vor sich hin fantasierte. Ohne sein Spiel zu unterbrechen, sagte der Vater plötzlich: „Du bist nicht bei der Sache, Tim. Was ist los?"

„Ich muss nachdenken, Vater."

„Über was?"

„Wie man ein Strafgericht abhält. Das muss man doch richtig machen!"

„Und ob! Aber ein Strafgericht? Weshalb? Erzähl es mir. Du weißt, ich plauder nichts aus." Das stimmte, Tim hatte es schon oft erfahren dürfen. Er trat also den Blasebalg auf und nieder, auf und nieder, der Vater spielte leise weiter auf der Orgel – und dabei erzählte ihm Tim die ganze Geschichte von dem toten Schaf, von Roland Karsten und vom bevorstehenden Strafgericht. Der Vater spielte mit geschlossenen Augen, aber Tim wusste, dass er ihm zugleich konzentriert zuhörte. Die Augen öffnete er erst, als Tim mit seinem Bericht zu Ende war, doch sein Orgelspiel unterbrach er nicht. Nachdenklich blickte er nieder auf die vergilbten Tasten des Instrumentes und dann plötzlich forschend in Tims Augen: „Und du wirst der Richter sein? Ahnst du überhaupt, was für eine Verantwortung das ist?"

„Ja, Vater. Ich denke ja an nichts anderes mehr."
„Bist du überzeugt von Rolands Schuld? Der Kerl gefällt mir übrigens – denkt sofort das einzig Richtige: den Tierarzt her!"
„Ich weiß nicht, ob ich überzeugt bin. Die Haifische sagen doch alle, dass er es getan haben muss. Und Fischers Jürgen hat ja auch zugegeben ..."
„Wahrscheinlich unter Erpressung und Drohungen. Euren Judas habt ihr also."
„Was willst du damit sagen?", fragte Tim.
„Meine Güte", seufzte der Vater, ließ auch zugleich die Orgel seufzen und stimmte eine Folge von klagenden Tönen an. „Meine Güte, wozu nehme ich euch denn möglichst jeden Sonntag mit in den Gottesdienst? Nein, gewiss nicht nur, damit ihr abwechselnd den Blasebalg tretet. Ich dachte immer, ihr habt außer euren Beinen beispielsweise auch Ohren, um zu hören, was der Pfarrer so zu sagen hat. Oder etwa nicht, mein Herr Pontius Pilatus?"
„Ich weiß nicht, was du meinst", sagte Tim ungeduldig.
„Hör jetzt mal genau zu, mein Sohn ...", aber der Vater blickte ihn bei seinen folgenden Worten nicht an: „Höre mir gut zu! Vor zweitausend Jahren am Karfreitag verurteilten die Menschen einen aus ihrer Mitte zum Tod am Kreuz. Du weißt, wen ich meine?"
„Ja. Jesus!"
„Jesus – er war unschuldig, das wissen wir. Übrigens hätten es die Menschen damals schon wissen müssen. Ich will dir jetzt nicht die Geschichte seines Leidensweges erzählen. Du kennst sie hoffentlich?"

„Ja, Vater.“
Plötzlich ließ der Vater die Orgel aufbrausen, wild und schmerzlich, dass der Klang in Tims Ohren dröhnte. Gleich darauf hob er die Hände von den Tasten und stand auf und sagte: „Wir wollen aufhören, damit du dich auf deine Gerichtsverhandlung vorbereiten kannst.“

Der Mond stand in der ersten Dämmerung über dem östlichen Waldufer des Petersees, als die Haifische auf der Kinderinsel eintrafen. Auf der Kuppe unter den alten Kiefern bereiteten sie alles für die Gerichtsverhandlung vor. Sie hockten sich im Halbkreis ins taufeuchte, hohe Gras um Tim. Er blieb in der Mitte stehen. Nicht weitab von ihnen lagerte ihre Schafherde. Kurze Zeit, nachdem die Haifische auf der Insel gelandet waren und mit ihnen Jürgen, der Sohn des Fischers, traf auch Roland in seinem Kanu ein.
Insgeheim bewunderte das hohe Gericht seinen Mut, sich ihnen ganz allein zu stellen. Zu ihrer Verwunderung befahl Tim, dass er nicht gesondert als Angeklagter Platz nehmen, sondern sich in den Halbkreis einfügen sollte. Tim bemerkte, wie diese Anordnung die Haifische verwirrte. In die erwartungsvolle Stille hinein sagte er: „Ich eröffne das Gericht.“
Die Schar der Haifische murmelte Unverständliches, als Zeichen ihres Einverständnisses. Tim forderte als erstes Jürgen, den Fischerjungen, zur Aussage auf. Furchtsam erhob sich Jürgen. Er wagte es nicht, in Rolands Richtung zu blicken. Erregt stolperte er ein paar Schritte vor, auf Tim zu, und stammelte: „Ich habe gelogen. Roland war nicht hier auf der Insel. Sie haben gesagt, sie wollten

UNKAS

mich verprügeln, wenn ich es nicht zugebe, und dass ich wieder zu euch Haifischen gehören dürfte, wenn ich ..."
„Ich dachte mir's schon", sagte Tim, „ich selbst hatte ihnen ja geraten, dich zu bestechen und zu bedrohen. Ich bin sehr froh, dass du jetzt mehr Mut hast als gestern. War Roland wirklich nicht auf der Insel?"
„Nein, nein! Er war nur zum Fischen auf dem See."
„Ich glaube dir."
Aus den Reihen der Peterseeer Haifische erhob sich Protest und wütendes Gemurmel. Tim achtete nicht darauf und sagte zu Jürgen, er solle sich wieder setzen.
„Habt ihr das Schaf aufgeschnitten und untersucht?", rief er, „habt ihr es zum Tierarzt gebracht? Habt ihr mit eigenen Augen gesehen, dass Roland auf der Insel war und ihm Gift gab?"
Jetzt wurden sie schon lauter: „Bist du verrückt? Sind vielleicht wir die Angeklagten, dass du uns verhörst?" Einzelne von ihnen standen auf und traten Tim drohend entgegen: „Du sollst Roland bestrafen und nicht uns verhören!" Tim ließ sich nicht einschüchtern: „Ihr habt mich zum Richter gewählt. Und ich kann nur gerecht urteilen, wenn ich die Wahrheit weiß. Bevor ich aber rauskriegen will, woran und wie das Schaf wirklich zu Tode gekommen ist, will ich über euch Bescheid wissen. Was ist in Wirklichkeit der Grund, dass ihr Roland anklagt?"
Jemand rief: „Weil er einer von den kleinen Fischen ist und ein Boot hat!"
„Ach, Quatsch, damit verratet ihr euch bloß selbst. Warum sind die kleinen Fische unsere Feinde? Warum behandeln wir vor allem Roland als unsern Feind? Ich sag es

euch: einfach nur, weil wir uns einbilden, sie störten uns. Und Roland? Weil er ein Kanu hat und wir nicht. Ebenso kann die Anklage aus Rachsucht und Gedankenlosigkeit kommen. Ist mal was anderes, nicht? Da können wir uns mal aufspielen! Und dazu braucht ihr ein Opfer und habt behauptet, Roland hätte das Schaf vergiftet. Gebt es doch zu! Das wäre viel mutiger."
Die Haifische waren im ersten Augenblick so gründlich verblüfft, dass sie kein Wort herausbrachten. Gleich danach brach der Sturm los – Aufspringen, zorniges Geschrei – und ihr wütender Lärm gellte durch die abendliche Stille über dem See. Tim brüllte zurück: „Wenn es euch nur darum geht, eure Rauflust an einem Wehrlosen auszulassen, will ich nicht länger zu euch gehören. Mir geht es nämlich darum, dass wir anständig sind. Also entscheidet euch gefälligst!"
Sie murrten noch eine Weile, schimpften sogar laut auf Tim, auf Roland, zuletzt in ihrer Ratlosigkeit auch auf das tote Schaf – bis der Erste darüber lachen musste. Einzelne lenkten bereits ein: „Also okay, dann ist es also kein Strafgericht, dann ist es nur eine Beratung, woran das Schaf gestorben ist. Roland ist ja so ein Naturforscher. Vielleicht kann er uns dabei helfen?"
„Gern", sagte Roland, „interessiert mich langsam selbst."
Einer nach dem andern ließ sich wieder ins Gras fallen, einer nach dem andern schien plötzlich die Suche nach der Wahrheit genauso aufregend zu finden wie wenige Minuten vorher noch das Schauspiel einer Bestrafung. Dass Roland von da an mit Jürgen zu den Haifischen gehörte, muss wohl nicht extra erklärt werden. Oder?

Die Weihnachtsburg

Seit zwei Tagen schneit und schneit es. Die Flocken wirbeln groß und dicht vorm Fenster nieder und hüllen die stille Vorstadtstraße mit ihren Häusern und Gärten in einen dicken weißen Pelz. Julia aus dem Haus Nummer acht ist sonst immer froh gewesen, wenn rechtzeitig zum Weihnachtsfest der Schnee kam. Weihnachten ohne Schnee – das ist doch nichts, da fehlt doch etwas! Julia steht am Fenster und denkt: Bis zum Heiligabend sind es höchstens zehn Stunden, und wenn es so lange weiterschneit, könnte sie allein mit dem Schnee aus ihrem Garten zwanzig oder dreißig dicke, feste Schneemänner bauen. Wie schön könnte sie sich damit die lange Wartezeit bis zum Abend und zur Bescherung vertreiben. Aber nein, es hätte keinen Zweck, es wäre umsonst. Gestern hatte sie schon einen Schneemann gebaut, er sollte aussehen wie der Nikolaus und war zur Dunkelheit fast fertig geworden – und jetzt? Sie sieht ja, was aus ihrem Schneenikolaus geworden ist: Über Nacht wurde er umgestoßen und zertreten.
Hätte es aufgehört zu schneien, würde man die Fußspuren der Übeltäter sehen können. Julia weiß auch ohne Spuren, wer ihren Schneemann zerstörte. Sie braucht nur hinüber in den Nachbargarten zu blicken, wenn sie die Missetäter sehen will. Die bauen mit roten Händen und Nasen an einer riesigen, herrlichen Schneeburg, Michael und Dominik, die Nachbarsöhne. Voriges Jahr noch hatte Julia mit ihnen gebaut. Da haben Micha und Domo ihr beim Schneemannbauen geholfen, und sie half ihnen

dafür bei der Burg. Alle hatten riesigen Spaß an den zwei Kunstwerken. Die Eltern kamen und bewunderten sie und die Kinder waren stolz.

Voriges Jahr um die Weihnachtszeit haben sich die beiden Nachbarsfamilien noch vertragen. Wann eigentlich fing das mit den Streitereien an? Julia versucht zurückzudenken: Das muss im Frühjahr gewesen sein, als schon die ersten Blumen blühten. Mit den Tulpen hatte es angefangen! Die Tulpen hatten geblüht, ein ganzes Beet voll roter und gelber Tulpen am Nachbarzaun entlang. Die Mutter war so stolz auf ihre Tulpen. Eines Morgens dann sah das ganze Tulpenbeet aus, als wären Nashörner durch die Pracht getrampelt. Ja, so bezeichnete es damals der Vater: „Zwei Nashörner! Das können ja nur Michael und Dominik gewesen sein. Die haben in ihrem Garten gestern Abend noch Fußball gespielt. Natürlich ist ihnen der verflixte Ball über den Zaun geflogen. Sie sind drüber geklettert, um ihn zu suchen. Dabei haben sie alle Tulpen niedergestampft. Denen werde ich's zeigen! Die können mal was erleben!" Zornig war der Vater hinüber ins Nachbarhaus gerannt.

Julia saß mit der Mutter gerade beim Frühstück in der Küche, sie hatten das Fenster offen und konnten alles hören. Wie die beiden Väter drüben miteinander stritten, dann die Stimmen der beiden Jungen: „Nein, nein, wir waren es nicht! Ganz bestimmt nicht! Wir würden es doch sagen und von unserm Taschengeld neue Tulpen kaufen. Aber wir waren es eben nicht! Vielleicht die von der Straße?" So ging es hin und her, die Stimmen wurden immer lauter. Danach fiel drüben krachend die Haustür ins Schloss und der Vater kam zurück, rot vor Wut und schalt weiter: „Diese Lügner! Diese Feiglinge! Diese … diese … wehe, wenn du noch einmal mit denen spielst, Julia! Wir haben mit den Leuten da drüben nichts mehr zu schaffen! Verstanden?“

Zuerst war Julia ja auch wütend – vielleicht, weil alle wütend waren. Und das muss das Schlimme gewesen sein, dass keiner endlich aufhörte, wütend zu sein. Nein, im Gegenteil, beide Parteien ließen sich seitdem genug einfallen, um die gegenseitige Wut immer neu zu schüren und in Gang zu halten. Julias Vater sägte von seinen Obstbäumen alle Äste ab, die über den Zaun zum Nachbargarten wuchsen. Früher war es selbstverständlich gewesen, dass Micha und Domo alle Früchte von diesen Ästen ernten durften. Das war immer ein besonderes Fest für sie gewesen. Als die Äste gefallen waren, stellte der Nachbar seine zwei Bienenkästen dicht an den Zaun, sodass Julia und ihre Eltern immer von Bienen umschwärmt wurden, wenn sie einmal auf ihrer Terrasse in Ruhe Kaffee trinken wollten – die Bienen raubten ihnen ihre Ruhe.

So ging es weiter und weiter. Jeder Partei fiel immer wieder Neues ein, um die andere zu schikanieren. Der jüngste Racheakt war Julias zertrampelter Schneenikolaus. Gestern noch wäre sie, kaum dass sie es gesehen hätte, heulend zu ihrem Vater gelaufen und hätte es gepetzt – und ihrem Vater wäre ganz sicher ein gemeiner Gegenschlag eingefallen. Gestern noch – aber heute? In zehn Stunden ist Heiligabend …

Im Sommer noch und auch im Herbst, wenn Julia allein im Garten spielte und sich zuletzt immer so langweilte, hatte sie insgeheim gedacht: Na gut, ist mal was anderes, wenn man Streit hat. Es ist aufregend. Aber manchmal habe ich es schon satt und würde gern wieder mit Micha und Domo spielen. Das war immer so lustig. Na, zu Weihnachten spätestens müssen wir uns doch endlich wieder vertragen. Sie wusste, dass Weihnachten als Fest des Friedens und der Liebe gilt. Weihnachten müssen alle einander Gutes tun. Weihnachten war den ganzen Sommer und Herbst lang ihre heimliche Hoffnung gewesen. Und nun?

Keiner, aber auch keiner von beiden Parteien tut irgendetwas, das auf Frieden hinweist. Julia steht am Fenster und muss zusehen, wie Micha und Domo ohne ihre Hilfe eine herrliche Schneeburg bauen. Sie muss denken und grübeln, warum dieser blöde Streit denn kein Ende nimmt, ob nicht auch sie etwas tun könnte, was dem Frieden wenigstens einen Weg bahnen würde. Sicher genügt es nicht, dass sie ihrem Vater den zertrampelten Schneemann verschweigt. Immerhin kommt es ihr schon wie ein guter Anfang vor, aber es kann doch nicht genügen. Ob sich denn die Eltern gar keine Gedanken über das alles machen? Sie horcht zur Küche hinüber, wo ihr Vater noch beim Frühstück sitzt und seine Zeitung liest und Mutter Kuchenteig rührt. Julia hört die Mutter fragen: „Gibt's was Besonderes?“ Dann raschelt die Zeitung und der Vater sagt: „Ach, immer das alte Lied. Unruhen in Südostasien und Afrika. Ewig nur Gestänker!“

Die Mutter seufzt: „Dass die Menschen aber auch keinen Frieden halten können! Ob es daran liegt, dass keiner damit anfangen will?“

Der Vater knurrt: „War doch schon immer so. Es fehlt an gutem Willen, wohl auch an guten Einfällen.“

Julia horcht auf. Guter Wille? Richtige Einfälle? Guten Willen hat sie, fehlt nur noch der richtige Einfall. Das ist entsetzlich schwer. Sie kann nicht weiter nachdenken, weil die Mutter nach ihr ruft: „Julia? Leg mir doch schon mal die neuen Kerzen für den Tannenbaum bereit und nimm die Reste der vorjährigen aus den Kerzenhaltern. Liegt alles auf dem Büfett."
Gedankenverloren ruft Julia zurück: „Ja, ja!", geht zum Büfett, öffnet die Kerzenschachtel. Da liegen die Kerzenhalter mit den Resten der alten Kerzen und zwei Schachteln mit neuen. „Mutti", ruft sie, „was soll ich denn mit den alten Kerzenresten machen?"
„Leg sie erst mal beiseite. Wir werden sehen. Gehören die nun zum Biomüll?"
„Ein guter Einfall", denkt Julia, „bitte, bitte, lieber Gott, gib mir den richtigen Einfall!" Die alten Kerzen stecken noch fest in den Haltern, vom herabgeflossenen Wachs wie festgeklebt. Julia holt sich ein kleines Messer zu Hilfe. Vater liest noch immer seine Zeitung, Mutter knetet Kuchenteig. Von denen hat jetzt keiner Zeit und Laune für einen richtigen Einfall. Julia muss sich den Kopf weiterhin allein zermartern. Zehn alte Kerzen hat sie schon aus den Haltern gepult. Wie viele sind es noch? Zwölf. Macht zweiundzwanzig Kerzenreste, manche noch halb hoch. Man könnte sie zu Ende brennen lassen. Zum Beispiel abends draußen im Schnee. Halt! Das ist doch überhaupt der Einfall! Das muss er sein!
Julia arbeitet jetzt so schnell, als hätte sie an diesem Tag noch viel vor. Die alten Kerzen raus, die neuen rein, jetzt die alten Kerzen weg, in eine Schachtel, Streichhölzer dazu, alles verschwinden lassen. Am besten gleich in

der Manteltasche. Jetzt muss alles genau überlegt werden. Am späten Nachmittag werden die Eltern mit ihr zur Christvesper in die Kirche gehen. Wenn sie zurückkommen, wird Julia allein in der Küche auf die Bescherung warten müssen. Voriges Jahr hat es fast eine Stunde gedauert, bis sie endlich ins Festzimmer durfte. Eine Stunde, in der niemand schaut, was sie tut, in der sie also gut in den Garten gehen könnte. Auf diese eine Stunde wird es ankommen, in dieser einen Stunde muss ihr Plan gelingen! Julia ist so sehr mit ihren Gedanken an Frieden beschäftigt, dass sie gar nicht mehr an die Bescherung denkt.
Als sie nach dem Kirchgang allein in der Küche bleiben muss, steht ihr Plan fest. Kaum haben sich die Eltern im Weihnachtszimmer eingeschlossen, schleicht Julia hinaus in den Flur, schlüpft in ihren Mantel. Die Schachtel mit den Kerzenstummeln und Streichhölzern ist noch in der Tasche. Jetzt darf nur noch keiner die Haustür klappen hören. Julia schleicht wie ein Indianer. Draußen ist es längst dunkel. Es fällt auch kein Schnee mehr wie noch beim Kirchgang. Julia stapft durch den Garten. An ihre Spur kann sie jetzt nicht auch noch denken. Und warum auch? Jeder darf wissen, dass sie es war, die mit dem Frieden anfangen wollte. Sie schafft es über den Nachbarzaun, bei dem Schnee nicht so leicht. Nur noch ein paar Schritte – da ist die Schneeburg von Michael und Dominik. Julia kann kaum etwas sehen, sie muss sich jetzt auf ihre Hände verlassen. Eine Kerze nach der anderen fischt sie aus der Tasche, steckt sie auf die Mauern und Zinnen der Schneeburg, nicht so tief, doch fest genug. Schön verteilt im Kreis herum, zweiundzwanzig

halbe Kerzen feststecken, das dauert eine Weile. Gut, dass es windstill ist, gut, dass kein Schnee mehr fällt. Es scheint so, als wolle ihr der Himmel helfen – aber ja, es ist Weihnachten! Die Streichhölzer sind glücklicherweise trocken geblieben. Sie reißt das erste an und hält es an den Docht der zuletzt eingesteckten Kerze. Er fasst Feuer, ein Flämmchen flackert. Jetzt die zweite Kerze, die dritte, die vierte – und da hört sie eine Tür schnappen, hört Schritte. Sie erstarrt fast vor Schreck, kann nicht mehr weglaufen.

Eine Sekunde später stehen Micha und Domo neben ihr. Triumphierend sagt Micha: „Siehst du? Es ist doch Julia! Wir haben dich nämlich vom Küchenfenster beobachtet, weil wir auf die Bescherung warten müssen, extra die Lampe ausgemacht. Was tust du denn hier?"

„Ich wollte – ich dachte – es – es ist doch Weihnachten! Das Fest des Friedens! Ich wollte meine Lichter auf eure Burg stecken. Und da –"

Weiter kommt sie nicht, bleibt einfach stecken. Aber was sie sagte und vor allem, was sie tat, genügt ja schon. Die Jungen lachen sie nicht aus, sie sagen gar nichts. Micha nimmt ihr die Streichhölzer ab und zündet damit die restlichen Kerzen an. Erst als alle Kerzen brennen, als die weiße Schneeburg wie eine richtige Weihnachtsburg glitzert und leuchtet und Julia staunend davor steht – denn so schön hatte sie sich das gar nicht vorgestellt –, erst da sagt Domo: „Und weißt du was? Jetzt singen wir ein Weihnachtslied. So laut wir bloß können! Und morgen bauen wir dir deinen Schneemann wieder auf."

„Und welches Lied passt am besten?", fragt Julia.

Domo stimmt bereits an: „O du fröhliche …"

„Lauter!", ruft Micha. Und sie singen, dass es durch alle Gärten schallt: „O du fröhliche, o du selige, gnadenbringende Weihnachtszeit …"

Deine Hände

Deine Hände zaubern Frieden, wenn du gibst.
Deine Hände heilen Wunden, wenn du liebst.

Tu nicht weh mit deinen Händen.
Spiel das Instrument des Friedens.
Steh nicht da mit leeren Händen.
Spiel das Instrument der Liebe.
Schlagt nicht, raubt nicht, Hände.
Gebt! Weil ein andrer davon lebt.

Deine Hände zaubern Frieden, wenn du gibst.
Deine Hände heilen Wunden, wenn du liebst.

Und was leer ist, muss man füllen.
Und was blutet, muss man stillen.
Und was krank ist, muss man heilen.
Und wo Not ist, muss man teilen.
Ruht nicht, rafft nicht, Hände.
Gebt! Weil dein Nächster davon lebt.

Deine Hände zaubern Frieden, wenn du gibst.
Deine Händen heilen Wunden, wenn du liebst.

Wir gehen gemeinsam

Das Neujahrsgewissen

Vater Berger hatte mehrere Angewohnheiten, die seinen Kindern nicht passten, aber seine Silvesterangewohnheit zählte zu den schlimmsten. Wenn der letzte Tag des Jahres anbrach und die ganze Familie sich um den Frühstückstisch versammelte, geschah immer dasselbe: Der Vater legte das aufgeschlagene Notizbuch neben seine Kaffeetasse und blickte ein Kind nach dem andern über den Rand seiner Brille hinweg vorwurfsvoll an – so lange, bis alle beschämt die Köpfe senkten. Wenn schließlich alle dasaßen wie Hühnchen unterm Schlachtermesser, fing er mit zermürbender Freundlichkeit an zu reden. Er schlug eine neue, noch freie Seite seines Notizbuches auf und schrieb darauf die Namen seiner Kinder: Margret, Jochen, Karl, Heidi, Hanni. Hinter jedem Namen ließ er einige Zeilen frei für bestimmte Eintragungen. Lächelnd wandte er sich seiner Ältesten zu und sagte entnervend behutsam: „Ich nehme mal an, dass du auch für das neue Jahr viele gute Vorsätze hast? Man kann doch in ein neues Jahr nicht mit seinen alten Fehlern gehen!"
„Will ich ja auch gar nicht", brummte Margret, „also schreib schon hin, dass ich im neuen Jahr fleißiger im

Haushalt helfen will." Der Vater nickte anerkennend, brummelte: „Das ist ja eigentlich selbstverständlich" – schrieb die Sache aber doch auf den freien Platz hinter Margrets Namen.
Jochen kam an die Reihe. Er versprach geübt, denn das versprach er schon seit vier Jahren bei jedem Silvesterfrühstück, in Zukunft seine Klamotten, Schuhe, Schulbücher besser in Ordnung zu halten. Während der Vater sich diesen vertrauten Vorsatz notierte, meinte er: „Du entwickelst dich aber auch kein bisschen weiter, mein Junge. Der Mensch muss doch reifen!"
Danach nahm er sich Karl vor. Karl sagte: „Ich will im neuen Jahr viel Geld verdienen, dass ich mir endlich das Fahrrad kaufen kann, das ich nie zu Weihnachten bekam."
Zu diesem Vorsatz schwieg der Vater und wandte sich den kleinen Zwillingen Heidi und Hanni zu. Heidi gelobte, im neuen Jahr nie wieder zu schwindeln und Hanni versprach, etwas mehr beim Putzen zu helfen und sich nicht immer so zu beschmaddeln, wie sie es ausdrückte.
Nun hätte damit ja die ganze unbequeme Angelegenheit vorbei sein und den Kindern hätten ihre Honigbrote endlich schmecken können. Aber nein, schließlich kam jedes Jahr das Gleiche. Mit finsteren Mienen starrten sie auf das verhasste Notizbuch, in dem der Vater einige Seiten zurückblätterte. Zum Überfluss tat er auch noch so, als entdeckte er großartige Eintragungen. Scheinheilig überrascht rief er: „Kinder, nun denkt mal an, was ich hier gerade lese?"
„Wissen wir", knurrte Karl gereizt, „unsere guten Vorsätze vom vorigen Jahr."

Der Vater las einen Moment lang in den alten Notizen und wandte sich bekümmert seiner Ältesten zu: „Aber Margret! Was lese ich hier? Du hast im vorigen Jahr versprochen, im neuen Jahr die Rumpelkammer auf dem Dachboden aufzuräumen. Zufällig habe ich gestern einen Blick hineingeworfen, als ich die Schachtel mit dem Zeug zum Bleigießen suchte. Oh, Margret! Du hast das vergangene Jahr um ein Versprechen betrogen. Wie soll das neue dir deine guten Vorsätze glauben können?"
Was half es Margret, dass sie den Mund voll Honigbrot hatte? Sie wusste zu gut, was ihr nun für den heutigen, den letzten Tag des Jahres bevorstand: Die Rumpelkammer musste spätestens bis Mitternacht aufgeräumt werden. Margret verschwand leise vom Frühstückstisch, damit sie es noch schaffte.
Als nächstes wäre nun Jochen an der Reihe gewesen, aber der stand schon vom Tisch auf, ehe der Vater überhaupt den Mund auftat. Kauend mümmelte er: „Tschuldigung, ich muss bis zum Abend noch einen Haufen Schuhe putzen, zwei Hosen mindestens ausbürsten, meinen Anorak mit Salmiakgeist bearbeiten und sämtliche Schulbücher auf Vordermann bringen."
„Dazu hattest du ein Jahr lang Zeit", ergänzte der Vater und die Mutter rief Jochen nach: „Vergiss auch nicht, deine Zeichenstifte neu zu spitzen, und zwar überm Papierkorb und nicht daneben! Und dein Badezeug ..."
Jochen war längst weg. Karl, Heidi und Hanni dachten nicht daran, dem großen Bruder schadenfroh nachzulachen. Sie ahnten, was jetzt ihnen bevorstand. Schon fuhr auch der Vater mit trauriger Stimme fort: „Karl, du hattest für das vergangene Jahr versprochen, Altpapier

und Altklamotten im Keller sauber aufzuschichten, zu bündeln und dir damit zehn Mark zu verdienen, für die du dir echte Pfeile und Bogen kaufen wolltest. Willst du mir deine neuen Sportgeräte nicht mal zeigen?"
Karl lachte überlegen: „Als ob man das für zehn Mark kriegen könnte! Und übrigens bin ich über solchen Kinderkram längst hinaus."
„Nun gut", meinte der Vater, „aber das Zeug im Keller! Darum ging es ja auch noch. Du hast dafür immerhin ..."
„... ein ganzes Jahr Zeit gehabt", ergänzte Karl wütend. Er also konnte diesen Tag im Keller verbringen, in solchen Dingen gab der Vater nicht nach.
Den Zwillingen verging der Appetit, als sie jetzt allein mit den Eltern am Tisch saßen. „Ich weiß schon, was ich vergessen habe", rief Heidi übereifrig, „obwohl nichts mehr daran zu ändern ist. Ich hatte versprochen, nie wieder ekelhaft zu andern Kindern zu sein. Aber warum wollte Jens von nebenan mir auch nicht seine Rollschuhe leihen? Und die Brigitte von Müllers kann ich nun mal nicht ausstehn mit ihrem großen Schnabel und Getue!"
„Das gibt dir kein Recht, ihnen Kletten in die Haare zu werfen, beziehungsweise das Brigittchen öfter mal zu ohrfeigen", erwiderte der Vater. „Auf jeden Fall musst du die Sache noch in diesem Jahr in Ordnung bringen. Du hast fünfzehn Stunden Zeit, bis zum neuen Jahr."
„Was soll ich denn tun?", heulte Heidi auf.
„Hingehen, dich entschuldigen und Frieden schließen."
„Ich soll zu Jens und Brigitte gehen? Iiiich?"
Heidi fand, dass das schlimmer wäre als Schuhe putzen,

Honig

Rumpelkammer aufräumen oder im Keller zu schuften. Doch sie kannte ihren Vater und schlich sich aus dem Zimmer.

Nun saß da nur noch Hanni, die Kleinste. Sie starrte auf ihren Teller, als müsste sie die Brotkrümel zählen. Ihr Vater sprach jetzt sanft: „Hanni? Hast du nicht am vorigen Silvestertag versprochen, fleißig im Garten Unkraut zu jäten?“

Triumphierend rief Hanni: „Das geht heute ja gar nicht mehr. Weil nämlich draußen Winter ist. Jawoll!“

Der Vater nickte: „Richtig. Und es liegt viel Schnee vor der Tür und auf dem Gehsteig. Unkraut jäten kannst du jetzt nicht. Aber den Schnee kannst du zur Seite schaufeln.“

So zeigte sich nicht nur das gute Gedächtnis, sondern auch die Erfindungsgabe des Vaters. Der Silvestertag war im Hause der Familie Berger gewiss kein heiterer Tag. Wo binnen fünfzehn Stunden die Versäumnisse eines ganzen Jahres nachgeholt werden müssen, können weder Stille noch Frohsinn walten. Frohsinn und Freude aber kehrten dafür am Abend umso üppiger im Haus ein. Denn kein Gefühl ist so befreiend wie das, seine Pflicht getan und seine Versprechen eingelöst zu haben. Und eben dieses wunderbare Gefühl, mit dem die fünf Berger-Kinder zu guter Letzt dem neuen Jahr entgegen sehen konnten, das nannte ihr Vater: das Neujahrsgewissen.

Ein Weg für die Wahrheit

Im Laufe des Vormittags hörte der seit Tagen fallende Regen endlich auf. Durch die Schulklasse ging ein hörbares Aufatmen. Die Jungen wussten, dass das seit Tagen erwartete Fußballspiel nun doch noch stattfinden würde, dass es nicht wegen schlechten Wetters abgesagt werden konnte.

„Wir treffen uns also um drei Uhr auf dem Sportplatz", sagte Rolf zu Stefan, als sie gemeinsam nach der Schule heimgingen. Stefan nickte eifrig. Während sie dahingingen, hob Rolf hin und wieder spielerisch ein Steinchen vom Wegrand auf und übte damit Zielwürfe. Er versuchte etwa, einen Baumstamm zu treffen, einen anderen, noch vor ihnen liegenden Stein oder gar ein einzelnes der an den Bäumen hängenden Blätter. Stefan sah diesem Spielchen wie immer mit Unbehagen zu. Rolf war leider kein geschickter Schütze. Steinwürfe, das wusste Stefan, konnten die ärgerlichsten Zwischenfälle verursachen. Er war noch nicht am Ende seiner Gedanken, als er es schon laut klirren hörte: Einer von Rolfs Steinen war mitten in Herrn Geiberts Flurfenster geflogen. Geiberts wohnten nicht weitab von Stefans eigenem Elternhaus. Der Junge blieb wie erstarrt stehen, als er das ekelhafte Geräusch der zerberstenden Glasscheibe hörte. „Rolf ...", flüsterte er entsetzt.

„Jetzt nichts wie weg", hörte er Rolf zischeln. Und schon schnellte der Übeltäter mit riesigen Sätzen fort. Verwirrt starrte Stefan ihm nach, noch immer vor Schreck wie gelähmt. Er sah Rolf um die nächste Wegbiegung verschwinden und fühlte sich im gleichen Moment am Jackenkragen gepackt. Mit wutverzerrtem Gesicht war Herr Geibert bei ihm und keuchte: „Habe ich dich also, Bürschchen! Na warte, das soll ein teurer Spaß für dich werden. Persönlich werde ich dich bei deinem strengen Herrn Papa abliefern, und dann kannst du mal was erleben!" Wie einen Verbrecher zerrte er Stefan davon.

Pünktlich um drei Uhr war Rolf auf dem Sportplatz. Nach Stefan allerdings suchte er vergeblich. Niemand hätte Rolf zu sagen brauchen, weshalb Stefan nicht zum Fußballspiel erschienen war. Sein eigenes Gewissen führte ihn sofort zu den richtigen Überlegungen. Sie haben ihn also erwischt, dachte er, und entweder hat er die Schuld auf sich genommen oder – da sein Vater sehr streng ist – sie haben ihn gar nicht erst zu Worte kommen lassen.
Ich darf ihn nicht im Stich lassen. Ein Weilchen noch blieb Rolf auf der Tribüne stehen und blickte aufs leere Spielfeld hinab. Er war eine Stunde früher gekommen, um sich einen guten Platz zu sichern. Aber plötzlich freute er sich nicht mehr auf das bevorstehende Spiel. Seine Gedanken waren ganz woanders. Er dachte an die Fensterscheibe und an Stefan, er fühlte geradezu, wie das schlechte Gewissen an ihm nagte. Tief in Gedanken versunken verließ er schließlich den Sportplatz und schlug zögernd den Weg zu Stefans Elternhaus ein. Stefans Vater selbst öffnete die Tür. In seinem Zorn ließ er Rolf gar nicht erst zu Worte kommen:
„Wenn du wegen Stefan kommst, kannst du gleich wieder umkehren. Der hat Zimmerarrest und muss eine

Strafarbeit verrichten. Weshalb – das kannst du dir ja bei Gelegenheit von ihm selbst erzählen lassen."
Und schon flog die Tür vor Rolfs Nase wieder zu, ehe er überhaupt ein Wort hatte hervorbringen können. Rolf drückte einfach noch mal auf die Klingel, ja, er klingelte Sturm und hämmerte in seiner Verzweiflung schließlich mit den Fäusten gegen die Tür. Der Gedanke an das geschehene Unrecht war ihm plötzlich zu viel. Aber im Haus rührte sich nichts mehr. Es sah aus, als sollte Stefan von der Außenwelt abgeschnitten werden. Durch Rolfs Kopf stürmten die verrücktesten Gedanken. Gut, dachte er, dann werde ich ihm durchs Telefon die Wahrheit sagen. Die Wahrheit und die Gerechtigkeit jedenfalls darf man nicht einsperren, man kann sie nicht daran hindern, sich durchzusetzen. Das muss ich Stefans Vater beweisen. Aber wenn er mich am Telefon auch nicht zu Worte kommen lässt? Plötzlich hatte Rolf eine Idee. Wie gehetzt rannte er heim in die elterliche Wohnung, nahm einen Briefbogen und ein Kuvert, warf ein paar Zeilen auf den Bogen und brachte den Brief zur Post an den Schalter. Zu dem Schalterbeamten sagte er: „Bitte, genügt das für einen Eilbrief im Ortsverkehr?" Und er hielt seinen letzten Geldschein hin.
„Leicht mein Junge", sagte der Postbeamte.
„Und wird der Brief gleich befördert? Möglichst sogar sofort?"
„Bei dir brennt's wohl? Na, beruhige dich – du hast Glück. Der Brief könnte in einer halben Stunde an seinem Ziel sein."
Mit einem glücklichen Seufzer gab Rolf seinen Eilbrief auf.

Knapp dreißig Minuten später öffnete Stefans Vater einen Brief, den ihm ein motorisierter Eilbote gebracht hatte. Verwundert las er: „Sehr geehrter Herr Bauer, hiermit beweise ich Ihnen, dass die Wahrheit doch in Ihr Haus kann. Stefan hat die Fensterscheibe nicht zerteppert, das war ich. Und ich zahle die neue Scheibe auch von meinem Taschengeld. Auf Ihre Antwort wartet hoffnungsvoll vor Ihrer Haustür Ihr Rolf Angerer."
Stefans Vater schob die Antwort von beinahe achtzig Pfund selbst zu dem vor der Tür wartenden Rolf. „Du bist ein Knaller!", sagte Stefan strahlend. „Das hast du echt prima gemacht, vergesse ich dir nie."
„Ach was", brummte Rolf, „quassel nicht so viel, sonst verpassen wir auch noch die zweite Halbzeit ..."

Der Sieg

Der Bootsverleiher lehnte am Geländer des Landungssteges. Er wartete darauf, dass die Sommergäste zurückkehrten, die sich gern seine sechs Ruderkähne ausliehen. Vor ihm auf den Brettern saß Lorenz und angelte. Lorenz war einer aus dem Kinderferienheim am Seeufer.
„Heute Nachmittag", sagte der Bootsverleiher, „werden die Fische besser beißen. Es liegt nämlich ein Gewitter in der Luft und die Mücken tanzen!"
„Warum angeln Sie eigentlich nie?", fragte Lorenz.
„Das tu ich im Herbst, auch im Frühling zeitweise. Jetzt habe ich Saison."
„Was meinen Sie damit?"

„Tja", sagte der Alte, „meine sechs Ruderboote sind mein Geschäft. Das Geld, das ich für ihren Verleih kassiere, brauch ich zum Leben, bei der mickrigen Rente. Ich musste lange arbeiten und sparen, bis ich die kleine Flotte beisammen hatte. Also heißt es, schon ganz früh morgens am See sein, wenn die ersten Urlauber aus den Hotels und Pensionen kommen und eine kleine Rundfahrt machen wollen. Manche besorgen sich sogar auch einen Angelschein."
Lorenz sagte nachdenklich: „Die Ruderkähne sind also Ihr Geschäft?"
Er sah nicht, dass der hinter ihm stehende Bootsverleiher ernsthaft mit dem Kopf nickte. Seine Gedanken waren auch schon ganz woanders. Er dachte an Rolf. Rolf war der stärkste und wildeste Junge im Kinderferienheim. Die andern taten alles, was er befahl. Sie hatten einfach Schiss vor ihm. Er langweilte sich meist und ersann jeden Tag neue Streiche, um sich Abwechslung zu verschaffen. Es gab nur wenige Menschen, vor denen Rolf Respekt hatte. Mit den wenigen allerdings konnte er sogar höflich sein: Er grüßte sie, indem er mit Zeigefinger und Mittelfinger an seinen Mützenrand oder überm rechten Auge an die Schläfe tippte und den Gegrüßten dabei vertraulich mit vorgeschobener Unterlippe anlächelte. Diese Ehre erfuhren wirklich nur ganz wenige Menschen, eben weil Rolf nur wenige hoch genug einschätzte.
Den Bootsverleiher beispielsweise grüßte er nie. Er war wütend auf ihn, seit der alte Mann ihm erklärt hatte, dass er seine Ruderboote während der Sommerzeit beim besten Willen nicht gratis verleihen konnte. Er brauchte nun einmal das Geld und musste jede Gelegenheit nutzen. Aber Rolf kapierte überhaupt nichts. Gerade an

diesem Morgen war ihm endlich eingefallen, wie er sich am Bootsverleiher rächen konnte. Lorenz war dabei gewesen, als die Jungen über den Anschlag berieten. Sie hatten sich vorgenommen, nach Einbruch der Dunkelheit unter die Brücke zu schwimmen, die sechs Ruderboote loszubinden und in den offenen See hinauszubugsieren, bis in die Strömung eines den See durchquerenden Flusses, die sie abtreiben würde.
Der Bootsverleiher sollte sich am anderen Morgen wundern! Und das Geschäft würde ihm gründlich verdorben sein, der Rücktransport der Boote womöglich ordentlich was kosten.
Lorenz dachte nicht länger über den Plan nach. Er raffte sein Angelzeug zusammen, nickte dem Bootsverleiher kurz zu und rannte hinüber ins Heim. Rolf und die Schar seiner Anhänger fand er im äußersten Winkel des großen, etwas verwilderten Parks, wo sie ihren Plan noch einmal berieten.
„Ich will euch mal was sagen", fiel Lorenz ihnen ins Wort. „Was ihr da vorhabt, ist eine Gemeinheit. Der Bootsverleiher braucht seine Ruderkähne zum Leben, das bringt wenig genug ein. Für ihn ist es sehr schlimm, wenn er einen solchen Verdienstausfall hat."
Die anderen machten nachdenkliche Gesichter. Doch als Rolf anfing zu lachen, fielen die meisten in sein höhnisches Gelächter mit ein. Lorenz schrie sie an: „Ich mache solche Schweinereien jedenfalls nicht mit!"
Sie verhandelten gar nicht erst weiter mit ihm. Damit er sie nicht verriete, packten sie ihn, knebelten und fesselten ihn an einen Baumstamm. Rolf höhnte: „Du kommst erst wieder frei, wenn die Boote weg sind."

Lorenz konnte sich nicht rühren und nicht um Hilfe rufen. Sie ließen zwei Wächter bei ihm. Er blieb gefesselt, bis die Dunkelheit eingebrochen war. Er war verzweifelt und wütend, aber er konnte nichts ausrichten. Dann, als es schon fast Nacht war, kam Rolf und schnitt ihn los.
„Habt ihr es getan?", ächzte Lorenz.
Stolz erwiderte Rolf: „Anschlag auf Feind ist gelungen."
Und geschickt schlich er sich mit den beiden Wächtern durch das offene Fenster des Schlafsaales zurück ins Haus.
Aber Lorenz folgte ihnen nicht, obwohl er hungrig und müde war. Er hatte Zeit genug gehabt, zu überlegen, wie er gegen Rolfs widerlichen „Streich" vorgehen konnte. Er wollte und musste ihn besiegen, damit sein Terror endlich zerbrach.
Eine Weile wartete er noch, bis er nichts mehr hörte. Dann schlich er sich aus dem Park hinab ans Seeufer. Kurz bevor sich vor den Mond eine drohend schwarze Wolkenwand schob, sah er noch, wie die Ruderkähne weit draußen auf dem See trieben. Hastig zog er sich aus, knüllte seine Kleider unter ein Gebüsch, watete ins Wasser und fing an zu schwimmen. Zuerst lag der See ziemlich ruhig. Plötzlich fauchte eine Sturmbö über die freie Fläche heran und warf die ersten Wellen. Lorenz blickte mit einem Stoßgebet zum Himmel. Jetzt waren die Wolken überall. Am jenseitigen Ufer zuckten erste Blitze.
Er war ein fast so guter Schwimmer wie Rolf. Um rascher voranzukommen, legte er sich seitwärts und kraulte. Er merkte nicht, dass es anfing zu regnen. Eine gute halbe Stunde musste er schwimmen, bis er den ersten Kahn

erreichte. Im Zucken der Blitze sah er ihn deutlich vor sich. Es kostete ihn jetzt Mühe, sich an seinem Rand hochzuziehen und hineinzuklettern. Eine Weile blieb er schwer atmend sitzen. Dann griff er nach den Rudern am Boden und versuchte, den zweiten Kahn zu erreichen.
Als er etwa eine Stunde später nach entsetzlicher Anstrengung drei Kähne in sein Schlepptau gebracht hatte, tobte das Gewitter genau über ihm. Er spürte, wie seine Kräfte ihn nun verließen. Unmöglich, sich mit vier Kähnen gegen die Wellen zu behaupten. Er wollte versuchen, in Landnähe zu rudern, sich dann ans Ufer treiben zu lassen. Mit zusammengebissenen Zähnen ruderte er. Endlich sah er die Umrisse von Bäumen, Büschen, Häusern. Im selben Augenblick hörte er ein kratzendes Geräusch an der Bootswand, bemerkte zwei sich anklammernde Hände am Rand und gleich darauf einen von Nässe triefenden Kopf. Eine ganze Gestalt schwang sich zu ihm ins Boot. Lorenz brüllte: „Rolf!"
„Lass dich ans Ufer treiben", schrie Rolf ihm zu, „auf dem Wasser ist man extrem blitzgefährdet! Ich nehme deinen letzten Kahn und hole damit die beiden andern, die noch draußen sind."
Ohne eine Antwort abzuwarten, stieg Rolf durch die Kähne bis zum letzten, band ihn los, richtete seinen Bug in den offenen See. Lorenz verlor ihn aus den Augen, zu erschöpft, um noch irgendetwas tun zu können. Willenlos ließ er sich von den Wellen an Land treiben, stieg aus, schleppte die Boote im seichten Wasser zum Landungssteg und band sie fest. Taumelnd kroch er unter das Gebüsch, suchte seine Sachen. Die oberen hatte der Regen durchnässt. Der trockene Rest gab ihm wenigstens

etwas Wärme. Er hockte sich auf die Brücke und wartete auf Rolf.

Das Gewitter zog nach Südosten ab, der Himmel klarte auf, die Wellen verloren an Kraft. Im Morgendämmern sah Lorenz Rolf kommen – mit drei Booten, die er genau auf die Brücke zusteuerte. Lorenz half ihm, die Boote zu vertäuen. Rolf war jetzt genauso erschöpft wie er, sie sprachen kein Wort. Rolf musste bemerkt haben, dass Lorenz nicht in den Schlafsaal gefolgt war, den Rest mochte ihm sein Gewissen eingegeben haben. Lorenz fragte nicht danach.

Als sie fertig waren, standen sie drei, fünf Sekunden unentschlossen auf der Brücke und starrten sich an. Plötzlich tippte Rolf mit Zeige- und Mittelfinger an seine Schläfe, schob die Unterlippe vor und lächelte Lorenz bewundernd an. Das war seine Art, Leute zu grüßen, die er hoch einschätzte. Lorenz lächelte und grüßte genauso zurück. Dann schlichen sie sich zurück ins Heim und durch das Fenster in den Schlafsaal.

Der Sondergeburtstag

Frieder war an einem zehnten März geboren worden, und jedes Jahr am zehnten März gratulierten ihm auch alle Verwandten und Freunde und er bekam Geschenke. Aber eine richtige Geburtstagsfeier veranstalteten er und seine Eltern immer erst am achten August. Dazu lud er jedesmal dieselben Gäste ein: den Elektriker Sebastian, den Maurer Franz und den mit ihm gleichaltrigen Bauern-

jungen Jörg. Jedesmal dachte sich Frieder für den achten August besondere Überraschungen aus, um seine Gäste zu unterhalten. An diesem Tag nämlich, so behaupteten er und seine Eltern, war er zum zweiten Mal auf die Welt gekommen – und zwar mit zehn Jahren.
Das hatte seine Gründe: Frieder wohnte mit seinen Eltern in einem ländlichen Gebirgstal. Rings um das Tal türmten sich mächtige Felsgipfel. Schon als Frieder noch ganz klein war, kletterte er mit seinem Vater am liebsten in den Bergen herum. Bald wurde er ein geübter Bergsteiger, und das machte ihn leider leichtsinnig. Es genügt ja nicht, bloß gut klettern zu können, weil es in den Bergen noch ganz andere Gefahren gibt als nur steile Wände und klaftertiefe Abgründe. Ein unvermutetes Gewitter, ein plötzlicher Nebelschleier, Schneeschauer und aufkommender Sturm oder bröckelndes Gestein – viele solche Ereignisse können selbst geübten Kletterern zum Verhängnis werden. Frieder wusste das auch. Doch er bildete sich ein: Einem wie mir kann nichts passieren.
Sein Elternhaus lag im Schatten des Grünsteins. Es führte ein schmaler und steiler Wanderweg auf diesen nur zwölfeinhalbhundert Meter hohen Berg. An seiner Nordflanke gab es schroff abfallende Felswände, die Frieder unheimlich verlockten. Und weil der Grünstein im Vergleich zu anderen Gipfeln klein und harmlos aussah, dachte sich Frieder: Der ist gerade richtig für eine kleine Klettertour. Also brach er eines Tages auf – es war am achten August –, an der Nordflanke des Grünsteins ein wenig herumzuklettern. Das Schlimmste war, dass er keinem über sein Vorhaben Bescheid sagte.
Rasch spazierte er bergauf und war nach einer halben

Stunde am Fuße der steilen, kahlen Felswand unterhalb des Gipfels. Sie hatte einige zum Klettern günstige Vorsprünge und war höchstens hundert Meter hoch. Leichtfüßig und übermütig begann Frieder, sie zu erklimmen. Er kam bald ins Schwitzen, es war ein schwüler Tag. Nach etwa zwanzig Metern gelangte er auf einen schmalen Felsvorsprung, nicht breiter als ein Bügelbrett. Hier rastete er kurz. Tief unter ihm lag weit hingestreckt das Tal mit den verstreuten Häusern in ihren Gärten. Von dieser Höhe sah alles klein aus wie eine Baukastenspielerei. Frieder warf vorsichtig einen Blick nach oben. Die gefährlichste Strecke lag noch vor ihm. Sollte er nicht doch lieber umkehren? Nein, die Hälfte hatte er bereits geschafft. Bis jetzt war alles gut gegangen. Er tastete die Wand ab nach einer günstigen Ansatzstelle zum Weiterklettern. Über ihm war ein Riss im Fels, der quer aufwärts zum Gipfel verlief. Wenn er den erreichte, mussten seine Füße guten Halt finden. Er pustete in seine verschwitzten Hände und drehte sich wieder voll zur Wand um. Mit großer Anstrengung erreichte er den Felsriss. Mit den Händen zog er sich empor, bis seine Füße Halt fanden.

Das Schwerste, so glaubte er, war jetzt geschafft. Vorsichtig hangelte er sich schräg aufwärts weiter. Der Riss wurde immer enger. Das hatte er von dem schmalen Vorsprung aus nicht sehen können. Und plötzlich begann es unter seinen Füßen zu knirschen. Frieder erschrak. Zum ersten Mal wurde er unsicher. Er wagte es nicht, nach unten zu blicken. Fieberhaft tasteten seine Hände die Wand nach einem Halt ab, aber er fand keinen. Unter seinen Fußspitzen lösten sich schon kleine Felsbrocken, kullerten knallend zu Tal. Ihm war, als rutschte der Boden unter ihm weg. Mit seinem ganzen Leib presste er sich gegen die Wand. Doch das morsche Gestein unter seinen Füßen hielt nicht. Er verlor den Halt, kam ins Rutschen, riss sich Gesicht und Hände blutig. Heiße Angst durchglühte ihn. Er glitt, er stürzte und schlug gleich danach hart auf. Ein stechender Schmerz durchfuhr sein linkes Bein. Sein Kopf schlug gegen die Wand, dass er gellend aufschrie. Er war ganz sicher, jetzt die schreckliche letzte Sekunde seines Lebens zu erfahren. Dann verlor er das Bewusstsein.

Als er wieder zu sich kam, glaubte er zuerst, im Himmel zu sein. Um ihn wogte und wallte ein Meer von Wolken, durch die grelle Lichtscheine zuckten. Langsam begriff er: Er war nicht tot, er hatte unglaubliches Glück gehabt und war auf den Felsvorsprung gestürzt, der so schmal wie ein Bügelbrett war. Er hätte ebensogut darüber hinaus oder daneben fast zwanzig Meter tiefer auf Felsbrocken abstürzen und zerschmettert werden können. Aber dieser winzige Felsvorsprung hatte ihn aufgefangen. Es erschien Frieder als echtes Wunder.

Er musste wohl ziemlich lange bewusstlos dagelegen haben, denn inzwischen war ein Gewitter aufgezogen und hatte den Berg in Nebel und Wolken gehüllt. Frieder, nur in Hemd, Hosen und Kletterschuhen, war nass bis auf die Haut. Vor Kälte zitterte er, wohl auch noch im Schock. Behutsam versuchte er, sich aufzurichten, gleich neben ihm fiel die Wand schroff ab. Mit einem Schmerzensschrei sank er wieder zurück. Irgendetwas war mit seinem Bein passiert. Es tat entsetzlich weh, wenn er es bewegte. Auch sein Kopf musste verletzt worden sein.

Als er die Stirn abtastete, färbten sich seine Finger rot von Blut.
Eine grässliche Angst kam über ihn. Ihm fiel sein schlimmster Fehler ein: dass er den Eltern oder überhaupt irgendwem nichts von diesem Ausflug gesagt hatte. Sie würden ihn zwar vermissen, aber ihn doch nicht ausgerechnet hier, an dieser Wand, suchen! Und vielleicht, dachte er, bin ich schwer verletzt und muss womöglich verbluten, wenn man mich nicht bald findet. Oder ich muss verhungern, verdursten, erfrieren, denn im Hochgebirge können auch mitten im Sommer Schneestürme ausbrechen. Seine Angst wurde so groß, dass er sich trotz der stechenden Schmerzen halb hochzog und schrie. Er schrie mit aller Kraft.
Um ihn herum zuckten Blitze, denen krachende Donnerschläge folgten. Wie sollte ihn in dieser Abgeschiedenheit und solchem Unwetter jemand hören? Erschöpft sackte er wieder etwas tiefer und begann zu weinen. Das Blut tropfte ihm von der Stirn in Augen und Mund. Hilflos lag er auf dem schmalen Felsvorsprung und beobachtete entsetzt, wie es langsam dunkler und dunkler wurde. Es mochten etwa zwei Stunden vergangen sein, die grässlichsten Stunden seines zehnjährigen Lebens. Da hörte er ein seltsames Geräusch. Es kratzte und knirschte. Kam da nicht jemand? Ach, vielleicht hörte er nur eine Gemse. Nein, das klang wie von festen Schuhen! Frieder sammelte seine letzten Kräfte. Gerade den Kopf konnte er noch hochkriegen. Viel zu schwach rief er: „Hilfe! Hilfe …"
Von unten kam Antwort: „Ist da wer? Ist was passiert?"
Eine helle Bubenstimme. Frieder kam sie vor wie Engels-

gesang. Gleich darauf schob sich eine kleine Hand über die Felskante. Ein strubbeliger Kopf tauchte auf. Frieder kannte den Kopf: Das war Jörg, ein Bauernjunge, den er immer etwas verachtet hatte, weil Jörg in der Schule nicht recht mitkam. Dafür war Jörg ein umso besserer Viehhirte, aber solche Fähigkeiten schätzte Frieder bis jetzt nicht hoch ein. Ganz kurz blitzte durch seinen Kopf: David aus der Bibel war auch nur Viehhirte gewesen – und dann König geworden, und was für ein König! Als Frieder jetzt Jörgs sommersprossiges Gesicht im Halbdunkel vor sich auftauchen sah, wäre er ihm am liebsten sofort um den Hals gefallen.

„Mei“, sagte Jörg verblüfft, „du schaust ja aus! Hab ich mir's nicht gedacht, dass das eine Menschenstimme war? Weißt, mir ist ein Ziegenböckchen ausgekommen. Ich hab's im Gewitter gesucht und dachte schon, es hätte sich hier herauf verirrt. Aber hier liegt ja gar kein Ziegenböckchen, hier liegt der Frieder! Hast dir arg wehgetan?“

„Irgendwas muss gebrochen sein“, flüsterte Frieder schwach. „Ich kann mich nicht bewegen. Alles tut so weh.“

„Und am Erfrieren bist auch“, stellte Jörg nüchtern fest. Er kletterte vollends herauf. Nur für seine zwei Füße war gerade noch Platz. Geschickt zog er sich seine Lodenjoppe aus und deckte Frieder damit zu. „Und jetzt steig ich wieder runter und hol wen von der Bergwacht, damit sie dich abseilen. Bleib nur ja ruhig liegen. Und Angst musst keine mehr haben.“

Frieder konnte nur noch schwach nicken. Er war so erschöpft, dass ihm die Augen zufielen.

Von da an ging alles sehr schnell. Jörg war gleich zu den

beiden nächstwohnenden Bergwachtmännern gerannt. Das waren der Maurer Franz und der Elektriker Sebastian. Sie waren zwar müde von ihrer Tagesarbeit und wollten gerade schlafen gehen, aber natürlich schlüpften sie sofort in ihre Bergausrüstungen und alarmierten den Notdienst. Mit Seilen und allerlei Rettungsmaterial machten sie sich unter Jörgs Führung auf den Weg.

Zwar dauerte es eine Weile, bis sie den verletzten und bewegungsunfähigen Frieder aus der Wand geborgen hatten – aber nach zwei Stunden waren alle vier wieder glücklich im Tal, wo schon der Ambulanzwagen auf Frieder wartete, der ihn ins Krankenhaus brachte. Jörg rief Frieder noch nach: „Ich sag deinen Eltern Bescheid, wo sie dich finden können, Depp, narrischer." Und dabei strahlte er Frieder an.

Ja, das Abenteuer hätte auch ein schreckliches, ein tödliches Ende nehmen können. Frieder wusste das ganz genau. Und weil er sich, als er endlich sauber verbunden mit einem vergipsten Bein im Krankenhaus lag, wie neugeboren fühlte, weil er auch nie vergessen wollte, was einem aus Leichtsinn alles zustoßen konnte und, was das Wichtigste war, weil er seinen Rettern so von Herzen dankbar war, deshalb feiert er jedes Jahr zusammen mit Jörg, mit Franz und Sebastian einen Sondergeburtstag am achten August, einen ganz besonders liebevoll hergerichteten Geburtstag – heuer schon zum fünften Mal.

Wir suchen den Weg

Ein echter Indianer

Jedes Jahr im September oder Oktober kommt Louis bei uns vorbei – ich weiß nicht mehr, wie lange schon. Er ist ein Stromer, ein Vagabund, Landstreicher, Penner oder wie man das nennen mag. Das ständige Herumstrolchen über Straßen und Wege sieht man ihm an: Seine Schuhe, immer faltige schwarze Schnürstiefel, sind staubig und abgewetzt, die Hosen ausgebeult, die geflickte Jacke zipfelig und schmierig, das offene karierte Hemd in nur noch unbestimmbaren Farben, Wangen und Kinn mit eisgrauen Haarstoppeln übersät und sein Hut ein schiefes, verwittertes Gebilde, dazu ein verblichener schlaffer Rucksack, aus dem ein alter Regenschirm ragt. Zwar schenkt man ihm hier und da neue Wäsche, neue Klamotten und sogar einen Mantel, doch irgendwie sieht bei ihm nach einiger Zeit alles wieder alt aus. Auch er selbst sah von Anfang an wie ein alter Mann aus, der sich müde gelatscht hat und dennoch keine Ruhe findet. Manchen Leuten flößt einer wie Louis Angst ein. Wer solche Gestalten sieht, denkt an Bettelei, an Diebstahl, Einbruch, Raub und Entführung und ähnliche Schandtaten. Mag ja sein, dass manche Stromer stehlen, um ihren

immer knurrenden Magen zu beschwichtigen. Mag sein, dass sogar Louis hier und da an seinen langen Wanderwegen etwas mitgehen ließ – bei uns jedenfalls nicht.
Eines Tages stand er am Gartentor und fragte, ob er sich mit irgendwelcher kurzfristigen Arbeit ein wenig Geld verdienen dürfe. Der Zaun hatte es nötig, gestrichen zu werden; Holz musste gehackt werden für den Kamin; einige Beete im Garten sollten längst gerichtet sein! Louis blieb vier Tage, um das alles zu erledigen. Nachts schlief er auf einer Luftmatratze in der Garage unter allerlei alten Decken. Seine Mahlzeiten nahm er in der Küche ein. Und dabei, vor allem bei der geliebten Tasse heißen Kaffee, entpuppte sich Louis vor unsern begierig lauschenden Ohren als ein wahrer Meistererzähler, wie man sie in früheren Zeiten auf orientalischen Märkten gefunden haben mag. Er hatte auf seiner Wanderschaft geerntet und nochmals geerntet: hunderte Geschichten von Menschen! Irgendwann stellte er sich uns auch vor: „Louis Barnabasch, mit O-U-I bitte! Und falls mein Name Ihnen fremdartig vorkommt – kein Wunder. Es hieß, meine Großmutter sei eine Zigeunerin gewesen. Ich selber glaube es gern."
Das war auch das Einzige, was Louis in all den Jahren seiner Besuche von seinem eigenen Leben verriet. Sonst nur von fremden Schicksalen, die seine Wege gekreuzt hatten, und das waren nicht wenige gewesen. Mit der Zeit warteten wir geradezu auf ihn, wenn der Phlox verblühte, die späten Astern den Garten noch einmal bunt färbten und das Laub an den Bäumen zu gilben begann. Schon Mitte September! Hat jemand Louis gesehen?
Die Kinder trieben sich am Zaun herum und das Garten-

tor stand seit Tagen halb offen. Natürlich lag in der Garage längst die Luftmatratze bereit samt Decken und beim Wasserhahn Handtücher und die große Blechschüssel für Louis' Morgen- oder Abendtoilette. Auch für Vorrat an Kaffee war reichlich gesorgt. Kaffee war wichtig, um Louis' Erinnerungen zu wecken und seine Redseligkeit in Gang zu halten. Natürlich wartete auch Arbeit auf ihn: die verwilderten Gemüsebeete, der ungeschnittene Rasen, der wuchernde Efeu ums Haus, einige Fahrradreparaturen. Jedes Jahr verrichtete Louis eine Menge nützlicher Dinge bei uns und zog nie mit leeren Taschen weiter. Aber es schien, dass Louis allmählich viel wichtiger für die Unterhaltung der Kinder geworden war als für die Arbeit.

Als er endlich auftauchte, wurde er wie ein lieber Großpapa mit Jubel empfangen. Dabei brachte er auch diesmal nichts weiter mit als seinen Hunger und seine hundert Geschichten. Doch zuerst einmal mussten ihm fast ebenso viele Neuigkeiten mitgeteilt werden: „Louis, der Dackel hat im Juli Junge gekriegt, sechs Stück! Nur eins ist noch da. Willst du es haben? Wir haben es für alle Fälle für dich aufgehoben, musst es aber nicht nehmen! Der junge Birnbaum, den du vor vier Jahren gepflanzt hast, ist im Winter erfroren. Aber die Schattenmorellen trugen zum ersten Mal und Klaus hat ein neues Fahrrad gekriegt und ..." Und ... und ... und ...

Den ersten Tag brauchte Louis, um mit den Neuigkeiten fertig zu werden. Am zweiten dann umriss er während der Arbeitspausen flüchtig die Begegnungen, die ihm das letzte Jahr eingebracht hatte. Ausführlich erzählte Louis nie die neuesten und jüngsten Geschichten. Er brauchte

Zeit, bis er alles Gesehene und Gehörte in seinem Kopf verarbeitet, in seinem Gedächtnis eingeräumt hatte. So hörten wir kaum einmal ausführlich seine frischesten Erlebnisse, sondern – wie er selbst es nannte – „zunächst die älteren Jahrgänge."

Die Kinder vergaßen nichts: „Louis, als du im vorigen Oktober weiterzogst, hast du versprochen, uns diesmal die Geschichte von dem Indianer zu erzählen!"

„Von dem echten Indianer", sagte Louis und nickte schwermütig über seiner extra großen Kaffeetasse, „denn es war wirklich ein echter Indianer."

„Was war mit ihm? Wo hast du ihn gesehen? Und wann?"

Louis musste erst die Tasse leeren. Die Kinder gossen sie sofort wieder voll und schoben das Milchkännchen und die Zuckerdose über den Küchentisch.

„Nimm, Louis. Und erzähl endlich!"

„Oh, das war wohl vor bald über vierzig Jahren, ich noch ein junger Spund mit heilen Schuhen. Aber es könnte genauso gut heute noch passieren. Ich weiß sogar noch wo: in einem Städtchen an der Ostseeküste. Kein Hafen, nein, in einem Hafen wäre einer wie Timortom nicht weiter aufgefallen."

„War Timortom der Indianer?"

Louis nickte und schlürfte seinen geliebten Kaffee: „Jedenfalls nannte man ihn so, denn fragte man ihn: What's your name? Wie heißt du? Antwortete er: Tim or Tom. Also wusste er selber nicht seinen richtigen Namen. Tim or Tom! Das sagte er so schnell, dass es sich wie ein einziges Wort anhörte. Also nannten alle in der Herberge ihn Timortom. Es war eine Herberge für heimatloses

Volk, für solche, wie ich einer bin – ihr wisst schon. Kein feines Hotel, nein, ein Asyl, um das sich die Pfarrer kümmerten und die Heilsarmee und alle möglichen wohltätigen Einrichtungen. Ist schon wichtig, sowas. Für ein Weilchen hat man da ein Dach über dem Kopf, kriegt was zu essen und ist unter seinesgleichen: unter echten Landstreichern und falschen Herumtreibern, unter Heimatlosen, Ausgestoßenen. Aber bitte, einer wie ich will es nicht anders, einer wie ich erblickt in solchem Leben seine Freiheit, mögt ihr euch Freiheit auch anders vorstellen. Einer wie ich fühlt sich weder ausgestoßen noch heimatlos. Aber Timortom: Der war beides.

Die Herberge lag am Ende einer breiten, langen, mit rumpligen Kopfsteinen gepflasterten Straße. Schöne Linden standen in der Straße, und in ihren alten, bunten Fachwerk- und Ziegelhäusern wohnten brave Bürger. Die Herberge stand ganz hinten, gleich bei der Stadtmauer, ein großer alter Steinkasten mit vielen Fenstern, einem torartigen Eingang, der immer finster war und von dem aus nicht nur eine Tür in den Schankraum führte, sondern auch gleich weiter zum Hof, eine Durchfahrt also. Im Hof waren verwitterte Steinplatten mit Unkraut dazwischen, ein Brunnen, zwei kümmerliche Apfelbäume, Mülltonnen, ein paar wacklige Bänke an den Mauern und an klaren Sommertagen brütende Sonne, dass man sich hier vorkam wie am Äquator. Da saß eines Tages, ich war selber gerade erst angekommen, der Indianer auf den Steinen, kauerte an der Mauer, in seine Decke gehüllt so reglos und schmutzig wie selber ein Mülleimer, mit glasigen, schwarzen Augen.

Ich sah ihn, als ich durch das finstere Hoftor in den Hof

humpelte. Meine noch nicht abgenutzten Füße waren wund von heißen, staubigen Wegen, ich wollte sie am Brunnen kühlen. Sofort merkte ich, dass das keiner von unserer Art und Farbe war – allein wie er da hockte. Das sah aus wie auf Bildern, wie man sie von Mexiko sieht, und es machte mich neugierig, sodass ich vor ihm stehenblieb und ihn grüßte. Nichts in seinem Gesicht veränderte sich.

Das könnte, überlegte ich mir, ein Eskimo sein oder ein Tibeter. Ich kam gar nicht gleich auf einen Indianer. Das erfuhr ich erst, nachdem ich neben ihm in der brütenden Sonne gehockt und nicht nachgelassen hatte, ihn mit Fragen zu durchbohren. Ich riet zuerst einfach: Eskimo? Er zuckte die Achseln. Tibeter? Sibirier? Er schüttelte den Kopf. Red man, Rothaut! Indianer? Er nickte. Da wusste ich es also.

Und merkte auch, dass er getrunken hatte und nicht ganz klar im Kopf und zu keinem langen Gespräch aufgelegt war. Außerdem konnte er nur wenig Deutsch sprechen. Eins allerdings entging mir trotz all seiner Mundfaulheit nicht: dass er traurig war, ach, nicht nur traurig, dass er litt, sich quälte, zu Tode betrübt, dass er dahockte, als wartete er darauf, von der Sonne getötet zu werden, erstochen, verbrannt. Ein Jammer, dachte ich mir und nahm mir vor, ihn im Auge zu behalten, mich um ihn zu kümmern, so gut es ging.

Zunächst musste ich mich um mich selber kümmern, das ist ja immer so. Seit Tagen und Tagen war ich marschiert, hatte ungemütliche Gewitternächte in Strohschobern, Getreidefeldern und Sanddünen hinter mir. Ich lechzte nach belebendem Kaffee und einem halb-

wegs menschenwürdigen Nachtquartier. Außerdem waren meine Taschen leer.
Schon damals habe ich immer mit kleinen Gelegenheitsarbeiten das bisschen Geld verdient, das ich zum Leben brauche. Also humpelte ich in der Herbergsstraße von Tür zu Tür und fragte bei den Leuten nach Arbeit. Ich will ja arbeiten. Aber mach das mal einem klar, der in dir nur den stinkfaulen Penner sieht, der Geld zum Versaufen will. Manche schenkten mir ein Almosen, ohne Gegenleistung zu fordern. Andere hatten etwas zu tun für mich. Natürlich schlugen mir auch viele die Tür vor der Nase zu. Und im Nu hingen die Kinder der Straße an meinen Fersen, die mich kannten, wie ihr mich heute kennt, und die Geschichten hören wollten. Ja, und da hatte ich nun doch eine wirklich prachtvolle Neuigkeit für sie: Kinder, in die Herberge ist ein Indianer eingekehrt!
Ein echter Indianer?
Ein durch und durch echter Indianer!
Ihr könnt euch nicht vorstellen, wie das die Kinder traf. Das Geschnatter! Das Gejohle! So viele Fragen auf einen Schlag sind mir in meinem ganzen Leben nicht gestellt worden: Ist er ein Krieger? Ein Büffeljäger? Ein Waldläufer? Ein Fährtensucher? Vielleicht sogar ein Häuptling? Hat er einen Federschmuck im Haar? Raucht er eine geschnitzte Friedenspfeife? Schleicht er in echten Mokassins? Sind Lederfransen an seinen Hosen? Hat er eine Kriegsbemalung im Gesicht? Augen wie ein Adler? Ohren wie ein Luchs? Muskeln wie ein Bär?
Ich kam überhaupt nicht dazu, irgendetwas zu beantworten. Es ist unfasslich, was Kinder alles aus Büchern

und Fernsehen und Kino über Indianer wissen! Oder sich einbilden. Ein Indianer ist in ihren Augen etwas Außergewöhnliches, etwas ganz Fantastisches, ein Vorbild für alle schwierigen Lebenslagen, ein Idol. Ich hatte mir das vorher nicht überlegt. Ich wollte ihnen ja bloß eine sensationelle Mitteilung bieten, als ich verriet, dass ein Indianer in der Herberge wäre. Bei ihren Fragen erst dämmerte mir, was ich angerichtet haben mochte.
Natürlich dachte niemand an einen schäbigen Indianer wie Timortom. Das sollte ich noch viel deutlicher erkennen, als sie sofort die Köpfe zusammensteckten und schnatterten und berieten, wie sie den Indianer erobern könnten. Ich sage extra, dass sie ihn erobern und nicht bloß sehen wollten. Sie wollten einmal, einmal nur im Leben von einem echten Indianer bemerkt, zur Kenntnis genommen, beachtet, ja, möglicherweise anerkannt werden. Das war doch was: das Herz eines Indianers erobern!
Wieder fingen sie an zu fragen: Wie kommt er hierher?
Na ja, meinte ich, wie kommt ein Indianer in ein Kaff an der Ostseeküste. Vielleicht war er mit einem Zirkus unterwegs und ist ausgerissen oder verloren gegangen? Kann ja nicht mal unsere Sprache!
Und wie er heißt, wollten sie wissen. Timortom. Timortom?
Damit konnten sie nichts anfangen. Nein, sagten sie, wir werden ihn Häuptling Schweifender Stern nennen, und wir werden uns jetzt für ihn zurechtmachen. Wir ziehen uns unsern Indianerputz an, stecken uns bunte Federn ins Haar, holen unsere Spielzeugcolts und Kriegsbeile, Pfeile und Bogen und färben uns die Gesichter. Dann schleichen wir im Indianermarsch in die Herberge und

ernennen ihn zu unserm Ehrenhäuptling, rauchen mit ihm die Friedenspfeife – mit einem echten Indianer! – und er soll uns von seinen Abenteuern in der Prärie erzählen und von welchem Stamm er ist und … Und schon stoben sie auseinander, um alles vorzubereiten.

Hach, ihr dürft es mir glauben – ich schwitzte! Nicht wegen der Sonne und der Gewitterschwüle. Ich schwitzte, weil ich mir wie ein verdammter Lügner vorkam, ich schwitzte vor Angst um Timortom und um die Kinder. Da hatte ich gesagt, es sei ein echter Indianer in der Herberge, ich Narr! Wusste ich denn nicht mehr, dass einer mit ganz bestimmten Worten ganz bestimmte Bilder beschwört?

Sagt dir zum Beispiel einer: Schiffskapitän.

Na? Na? Denkst du nicht sofort an das Meer und endlose Horizonte, an Abenteuer unter Palmen und auf stürmischer See, an einen Sack voll Seemannsgarn, an eine schmucke Uniform, kühne helle Augen und ein verwegenes, braunes Gesicht?

Und wenn einer sagt: Indianer.

Denkst du nicht dasselbe wie die Kinder in der Herbergsstraße? Die Menschen kleben an Vorstellungen, die sie irgendwo aufgeschnappt haben – aus einem Buch, einem Film, was weiß ich, woher! Aber dass hinter einem bunten, klingenden Wort eine armselige Kreatur stecken könnte, die empfindlich ist …?

Na, lasst mich berichten, was nun geschah.

Ich hätte vielleicht sofort zur Herberge umkehren und Timortom auf irgendeine Weise verstecken sollen, notfalls in einer Mülltonne. Das hätte ihn sicher weniger gequält als der Auftritt der Kinder. – Ich kam um Minu-

ten zu spät. Gerade als ich wieder den Hof der Herberge betreten hatte, sah ich sie schon im Gänsemarsch durch den finsteren Torbogen anschleichen. Ihr dürft mir glauben, sie sahen wirklich ziemlich echt aus – eins wie das andere wie ein kleiner Indianer mit Federn im Haar, bunten Kreisen und Zickzacklinien in den Gesichtern, mit gefransten Sackhosen, mit Kriegsbeilen, Pistolen, Pfeilen und Bogen, allesamt wie aus einem spannenden Bilderbuch spaziert.
Ihre Schritte waren kaum zu hören. Und vor allem einer hörte sie nicht, vielleicht auch beachtete er sie nicht: Timortom. Noch immer kauerte er wie ein betrunkener Mexikaner an der Mauer, bloß dass ihm die Decke von den Schultern gerutscht war und sein schmutziges Hemd sichtbar wurde; dass ihm der lächerliche fleckige und zerbeulte Zylinderhut tief ins Gesicht gerutscht war ... ein elendes Bündel Mensch, ausgezehrt, wahrhaftig wie dem Leben verloren gegangen, irgendwie an diese ihm so fremde Küste verschlagen und krank obendrein, krank wahrscheinlich vor Heimweh.
Die Kinder also schleichen in den Hof. Sie sehen mich nicht, ich bin hinter den Mülltonnen, sie sehen auch Timortom nicht gleich. Sie starren zu den Fenstern der Schankstube hinauf und warten auf den Anblick eines herrlichen, eines fantastischen Indianerhäuptlings, der sie doch wittern müsste! Als sich jedoch keiner zeigt, werden sie ein wenig unruhig, gucken sich um, bemerken Timortom, stoßen ihn an: He! Wo ist hier der Indianerhäuptling? Rede schon, du Strolch! Da stehen sie also, acht oder neun kleine, nachgemachte Indianer um den einen echten und erkennen ihn nicht. Sie erkennen ihn

nicht! Stoßen ihn ungeduldig an wie einen alten Kartoffelsack, eins trommelt sogar spöttisch auf seinem Zylinderhut. Aber Timortom: Der hebt die Augen, und der erkennt. Der sieht den Aufputz der Kinder, er begreift dunkel den Zusammenhang, dieser Aufputz muss, muss ihn an irgendetwas erinnern, vielleicht genau an das, was sein sehnsüchtiges Herz zerquält. Es macht Timortom lebendig, seine Augen werden lebendig, er mustert die bunten Federn in den Haaren, die bemalten Gesichter, die niedlichen Kriegsbeile und Colts aus Holz oder Plastik, die Pfeile und Bogen.

Er beugt sich vor, tastet durch die Luft – Himmel, sogar seine Hände sind wie betrunken! Trotzdem erreichen sie einen der kleinen Tomahawks, er will ihn ganz genau besehen und dem Jungen, dem er gehört, aus der Hand nehmen, nicht herrisch, nein: zaghaft, ungläubig, fassungslos. Da zuckt der Junge zurück, angeekelt von Timortoms schmutzigen Händen, hebt das kleine Beil und schlägt dem Indianer damit auf die Finger. Als wäre das ein Signal gewesen, tobt im nächsten Moment die ganze Meute um den Indianer mit wildem Schmähgeschrei herum: Dreckfink! Schmutzklotz! Lumpensack! Läusepack!

Timortom, im ersten Augenblick zurückgesunken an die Mauer, fängt an, sich langsam aufzurichten, schwankend immer die Mauer im Rücken und beide Hände von sich gestreckt, als wollte er etwas abwehren und zugleich danach greifen, es ist eine so hilflose, halb bittende Bewegung. Lasst mich in Ruhe, bitte!

Aber die Kinder hören nicht auf, diese verkommene Figur zu verhöhnen. Sie zerren an seinen Lumpen, strecken die

Zungen heraus ... Meine Güte, sie werden es gar nicht so böse gemeint haben, sie waren übermütig und wollten an diesem Tag angeben, um das Herz eines Indianers zu erobern. Und nun kühlten sie ihr Mütchen an diesem Herumtreiber, der so unhöflich gewesen war, ihre Fragen nicht zu beantworten.
Ein Kriegstanz war das, ein richtiger Kriegstanz, den sie um Timortom aufführten, und Kriegsgeschrei auch das: Lumpensack-Läusepack! Timortom steht ganz aufrecht, die Hände noch immer flehend vorgestreckt – lasst mich in Ruhe! –, aber die Kinder hören nicht auf. Und da endlich strafft sich etwas in ihm, ich sehe es an seinen Schultern, und seine Finger krümmen sich zu Krallen. Schon ist er mit einem wilden Sprung mitten unter ihnen, mitten in der tanzenden, schreienden Meute. Der lächerliche Hut ist mit einem einzigen Ruck runter von seinem Kopf auf den Steinplatten des Hofes. Die Decke fliegt von seinen Schultern, sein Hemd steht offen, sein Kopf ist frei, und mit einem einzigen blitzartigen Griff hat er dem Nächststehenden Pfeile und Bogen entrissen, weicht wieder zurück zur Wand und legt an.
Augenblicklich wird es still. Die Kinder stehen wie versteinert. Noch ehe eins sich rühren kann, zischt der erste Pfeil durch den Hof – srrr-klack! Eine Feder wirbelt aus einem der blonden Schöpfe. Ein Meisterschuss, haarscharf über den Scheitel des Kindes hinweg. Schon ist der zweite Pfeil auf der Sehne des Bogens und wieder – srrr-klack! Eine zweite Feder wirbelt zu Boden. Timortom legt den dritten Pfeil auf und zielt auf den Schopf eines der wie angefrorenen Kinder, denn noch immer rührt sich keines. Aber das ist nicht mehr der Schreck, der sie festbannt, das

ist etwas anderes, das ist die blitzartige Erkenntnis, die ihnen endlich, endlich gekommen ist ... Sie sehen jetzt mit besseren Augen als vorher. Timortom, barhäuptig, mit offenem Hemd vor der kalkweißen Mauer, sein wie Stahl schimmerndes, blauschwarzes Haar, mag es auch nur halblang und verwildert sein; die bronzene Haut, die schwarzen, vor Schärfe und Bitternis funkelnden Augen und vor allem diese Pfeilschüsse, die unnachahmlichen Schüsse!

Sie vergaßen das Lumpenzeug an seinem Leib und die Läuse in seinen Haaren und Schmutz und Schweiß auf seiner Haut. Spätestens als Timortom die dritte Feder abgeschossen hatte, erkannten sie ihren Indianer.

Und das war weiß Gott, so zornig, wie er dastand, ein durch und durch echter Indianer. So was vergisst man nie. Nie! Nie und nimmer. Ihr seht ja, ich habe es bis heute behalten. Und jetzt wäre ich dankbar, wenn ich noch einen Schluck Kaffee bekäme."

Damit schob Louis den Kindern seine Tasse über den Küchentisch zu. Aber sie achteten nicht auf seine Tasse, ihre Blicke hingen noch immer an seinen Lippen: „Und dann, Louis? Und dann?"

„Erst Kaffee", sagte er, „dann fällt es mir sicher wieder ein ... Ja, danke, das genügt. Und dann? fragt ihr. Und dann? Ist das nicht genug? Was Timortoms Schießkünste mit Pfeil und Bogen betraf, so muss er wohl tatsächlich als Kunstschütze bei einem Zirkus aufgetreten sein und kam wohl auf diese Weise nach Europa. Ich habe es nie ganz aus ihm herausstochern können. Er war nicht eben gesprächig. Nach diesem Auftritt mit den Kindern noch weniger als vorher."

„Und wurde er ihr Ehrenhäuptling, Louis?"
„Seht ihr", sagte Louis und blickte die Kinder der Reihe nach kopfschüttelnd an, „ich habe am Anfang meiner Geschichte gesagt, dass sie sich genauso heute noch abspielen könnte. Mir scheint, ich habe damit Recht: Ihr seid nicht anders als jene Kinder aus der Herbergsstraße, die sich an ein Bild klammerten, das ihnen ein Wort vorgaukelte: Indianer. Sie kannten das Bild nur aus Büchern, Filmen, Geschichten. Hatten keine Ahnung von der Wirklichkeit. Sie kamen nicht darauf, dass selbst ein Indianer ein armseliger Mensch sein konnte, der hungerte und Durst hatte, viel Durst, Durst auf alles, was ihn seinen Hunger und sein Heimweh und seine Erniedrigung vergessen ließ, irgendetwas jedenfalls vergessen ließ, das ihn quälte. Womöglich hatte es ihn sogar auch gequält, nicht ein solcher Indianer sein zu können, wie Kinder ihn haben wollen. Unerträglich, einfach nur ein Mensch zu sein, eine armselige Kreatur, wenn man doch ein Indianer ist. Was? Und als sie ihn erkannten, als sie den echten Indianer erkannten, wie er da mit Pfeil und Bogen vor ihnen stand, da war es zu spät, da war das Bild, das sie sich von ihm gemacht hatten, nicht mehr zu retten. Da hatten sie ihn schon Läusepack-Lumpensack genannt, da hatten sie all ihre Träume von Indianern selbst kaputtgemacht, da war er ein verletzter Feind, der auf sie schoss – weil sie ihn beschimpft, weil sie ihn gequält, weil sie ihn verhöhnt und geschlagen hatten. Sie hatten ihn doch auf die Finger geschlagen."
„Haben sie sich wenigstens geschämt?", fragten die Kinder.
Louis hob zweifelnd die Schultern und ließ sie wieder

sinken. „Was weiß ich", sagte er. „Was weiß ich? Sie zogen schließlich wie belämmert wieder ab, ja, das taten sie. Aber ist Katzenjammer gleich Scham oder gar Schuldbewusstsein? Mag eher sein, dass sie Indianer von da an insgeheim hassten, weil sie sich einmal an einem aus lauter Angeberei versündigt hatten. Ja, das ist ungerecht. Aber einer wie ich weiß, dass sowas möglich ist – einer wie ich, der tausend Menschen kennt und ihre Geschichten."

„Und Timortom", drängten die Kinder, „was ist aus Timortom geworden?"

Louis leerte seine letzte Kaffeetasse langsam und bedächtig, als müsse er das Schicksal jenes Indianers erst ganz und gar bedenken. Dann stellte er die Tasse unvermutet hart zurück auf ihren Unterteller, dass es schepperte, und stand auf. Er griff nach dem bereitliegenden Werkzeug für die Fahrradreparaturen und wandte sich zur Tür.

„Timortom", schloss er bitter beim Hinausgehen, „Timortom hat sich an jenem Tag für seine letzten Groschen betrunken und war danach noch elender als vorher. Am Abend sah ich ihn wieder im Hof an der kalkweißen Mauer hocken. Am nächsten Morgen war er verschwunden, und niemand wusste, wie lange schon und wohin – verschwunden, wie von seinen Geistern und Vorfahren geholt. Was auch hätte man ihm Besseres wünschen können, ihm, der so oder so daran verderben musste, dass er nicht war, wie andere ihn unbedingt wollten ..."

Lektion Hesekiel

Elf Jahre alt war ich und saß wie ein Fakir im hellgrünen Kinderzimmer auf meinem Bettvorleger aus bunten Flicken. Ich hatte nachgedacht und ertrug es nicht länger, immer nur bis an den Rand aller großen Erfahrungen denken zu können. Im richtigen Leben ging es doch noch weiter! Und diesmal hatte meine Fantasie nicht einmal das Ufer einer Erfahrung erreicht, einer Erfahrung allerdings, die nur wenigen Sterblichen vergönnt ist. Umso heftiger reizte es mich, zu wissen: Warum haben sich immer wieder Kaiser und Könige, Heilige und Propheten, Erhabene und Erhobene anbeten lassen? Was haben sie davon? Sie müssen doch was davon haben! Warum sonst? Ist es süß, so machtvoll zu sein? Ist es ein ungeheuer herrliches Gefühl? Vergoldet einen solche Macht von innen? Es machte mich ungeduldig, nur elf Jahre alt, nur aus Fleisch und Blut, nur eine Tochter von fünf Geschwistern, nur aus bürgerlichem Haus zu sein.
Wie eine Sphinx legte ich mich auf meinen Bettvorleger und wartete auf meine Versteinerung. Waren meine Gedanken nicht sündig genug für eine solche Strafe? Wenn es geschähe und die anderen mich dann so fänden – Geschwister, Eltern, alle übrigen Hausgenossen, Nachbarn, alle Straßenanwohner, die ganze Stadt, die Presse, das Fernsehen: Irgendeinem doch müsste es einfallen, niederzufallen und die neue geheimnisvolle Sphinx anzubeten. Aber ich blieb, wie ich war. Also gut, dann ein weißes Laken wie eine Toga über die Schultern und mit steif gewordenen Knien auf das Bett. So stand Moses

auf dem Berg der Gesetzgebung oder noch höher wie Sankt Petrus, himmlisch weiß über knieenden Betern. Ich wollte mir die Gefühle von Moses und Petrus vorstellen, schloss die Augen, streckte die Arme aus ...
Da stürmte Dorle ins Zimmer und vor ihr die gierige Frage: „Was soll ich dir für deinen rosa Pullover bieten?"
Es traf mich, wie Schrotkugeln die südwärts schwingende Wildgans treffen. Meine Arme sanken herab. Abgrundtief unter mir stand meine jüngere Schwester Dorle auf dem bunten kleinen Teppich. Sie war ohnehin schon dreißig Zentimeter kleiner als ich. Ihre Haltung jetzt gefiel mir allerdings. Wie an einer Statue blickte ihr kleines Ponygesicht zu mir herauf. Ihre Augen fragten: Was spielst du? Ihr Mund triumphierte: „Das sag ich Mutti – mit Schuhen auf dem Bett!"
Erhaben schwieg ich; wohl wissend, dass es sie verrückt machte, wenn man lange schwieg. Sie sollte meine Größe, Höhe, Tiefe, Weite spüren. Ich konnte meine inneren Dimensionen nicht in Worte fassen, wollte sie aber irgendwie ausdrücken, denn Dorle weckte in meinem armseligen, größenwahnsinnigen Hirn eine Hoffnung: Die dumme Kuh bringst du vielleicht so weit, dass sie dich anbetet. Und dann endlich fühlst du und weißt du, was Macht ist. Ich schwieg erfolgreich.
„Ich sag Mutti ja nichts", beteuerte Dorle, „aber bitte, tausch mir deinen rosa Pullover gegen irgendwas. Ich muss und muss und muss ihn haben!"
Langsam sagte ich: „Es ist mein Pullover."
Der idiotische Satz verblüffte Dorle. Sie nickte gehorsam. Wie schneidend hatte es oft meine Eitelkeit verletzt, dass sie, die Jüngere, die Kleinere, mir überlegen war an

Redegewandtheit, Schlagfertigkeit und Ausdruckskraft – Fähigkeiten, die ich bewunderte. Doch nun, als ich mit schmutzigen Schuhen auf mein sauberes Bett gestiegen war und nach hilflosem Schweigen etwas völlig Überflüssiges behauptete, da zeigte sich dieses aufgeweckte Quecksilber verblüfft und starrte eingeschüchtert zu mir herauf. Mir war, als finge ich schon an, anbetungswürdig zu sein. Befriedigt lächelte ich. Dorle hielt es für Huld und schnappte sofort wieder zu: „Was soll ich dir für deinen rosa Pullover bieten?"
Schwerfällig blieb ich auf meiner Wolke aus Bettfedern und Gedankendunst und fragte zurück: „Weißt du, wie das ist, wenn man angebetet wird?" Sie begriff nicht gleich, wie hoch mein Geist sich verstiegen hatte. Unschuldig und frühreif meinte sie: „Es schenkt dir einer Blumen, Eierlikör und Handküsse." Diese Quelle ihres Wissens war die hübsche Gattin unseres Klavierlehrers. Ich musste Dorle anders packen, um ihren Geist auf höhere Ebenen zu transportieren, aber ich konnte nicht reden wie sie.
Ich rang nach Worten, und Dorle beobachtete es mit einem Gesichtsausdruck, als müsste sie einem Asthmaanfall beiwohnen. Da war es Zeit, vom Bett zu steigen. Mit machtlosen Posen kam ich bei einem so kritischen Opfer nicht ans Ziel. Als ich neben ihr auf dem Flickenteppich stand, sagte ich schlicht: „Es geht darum, wie ein Herrscher angebetet oder wie ein Heiliger oder …" Und meine Blicke rollten fromm nach oben. Leichthin erwiderte sie: „Die werden schon wissen, was sie davon haben. Ist mir doch wurscht."
„Dorothea! Ich will es auch wissen."

Sie nahm mich nicht ernst, obwohl ich ihren vollen Namen ausgesprochen hatte. Sie wischte mit der Hand durch die Luft und drängte: „Sag endlich, was du für deinen rosa Pullover haben willst!“
Laut überlegte ich: „Ist es süßer als Nusstorte mit Schlagsahne? Oder so schön wie dreimal Weihnachten zusammen? Oder wird einem davon so fidel wie von Bier?“
„Du hast auch schon mal Bowle getrunken“, mahnte Dorle neidisch. Stumm dachte ich weiter: Wirkt es noch angenehmer als die eitle Erregung, mit der man am eigenen Geburtstag Mittelpunkt ist? Beruhigt es so köstlich wie die in Lichtern schwimmende Sekunde vor der schwarzen Tiefe des Schlafes? Schlafen fand ich bisher als das Schönste. Alle kleinen Wonnen meines elfjährigen Lebens beschwor ich, um es mir vorstellen zu können. Natürlich gelangte ich damit nicht zu dem unirdisch herrlichen Gefühl, das ich vermutete. Und als Dorle zum dritten Mal fragte: „Was willst du für deinen rosa Pullover haben?“, da fiel mir ein, wie ihr und mir geholfen werden konnte. Sie war gierig auf meinen Pulli und hätte sowieso nicht viel zu bieten gehabt: „Du brauchst mir nichts zu geben, nur etwas zu tun“, sagte ich.
Misstrauisch musterte sie mich: „Birnen für dich klauen?“
Welche Abgründe klafften zwischen uns! Mein abermaliges Schweigen und meine brutalen Blicke ließen sie darüber nicht im Zweifel. Ich sah ihr an, was sie zu ahnen begann. Sie ahnte, dass ich keine der kläglichen Sünden wollte, die unsereiner überhaupt zustande bringen konnte. Sie reagierte wieder so ausdrucksvoll, dass mir vor Neid heiß wurde. Genau einen Schritt nur wich

sie zurück, streckte den linken Arm mit gespreizten Fingern gegen mich und flüsterte schaudernd:
„Was! Welche Scheußlichkeit! Was willst du von mir?"
„Du sollst mich anbeten."
Ihr Arm ging steif und langsam nieder. Dann riß sie den sonst so flinken Schnabel auf, atmete rasch ein, hielt die Luft an und schlug sich die Hand vor den Mund. Zum ersten Mal war Dorle sprachlos. Es war für mich ein hübsches kleines Gefühl, allein das zustande gebracht zu haben. Als hätte ich einen fröhlichen Tennisball in der Brust. Der verwandelte sich leider gleich in einen Bleiklotz, weil Dorle hauchte: „In der Kirche?"
Diesmal verschlug es mir die Sprache. Ich wartete auf Blitz und Donnerschlag. Doch es kam nichts von der Sorte. Von diesem Augenblick an jedoch wusste ich, dass einer auf der Lauer lag. Mühsam gefasst antwortete ich schließlich: „In der Kirche würde uns der Blitz treffen. Wir müssen es hier tun."
Gleichzeitig blickten wir uns in dem hellgrünen Kinderzimmer um, schüttelten einträchtig die Köpfe. Dies war keine Stätte für außerordentliche Anbetungen.
„Es muss ein Thron sein", meinte ich. Sofort fiel mir der ausladende Ohrensessel unseres verstorbenen Großvaters ein, der im väterlichen Arbeitszimmer stand.
„Aber es ist Sünde!", begehrte Dorle auf. Überhaupt kam sie langsam wieder in Gang: „Das ist Sünde. Nämlich man betet nur Gott an und Jesus und solche. Und Karl den Großen."
„Wieso den? Der war nur Kaiser."
„Eginhard und Emma tun es auch," erklärte Dorle und zitierte flink Wilhelm Busch: „Sie knien und sind vor

Tränen stumm; der Kaiser dreht sich gar nicht um."
Sie kniet und ist vor Tränen stumm – wunderbar, genau so weit musste ich sie bringen. Das war eine brauchbare Regieanweisung. „Du wirst auch knien."
„Vor dir? Einer Übergeschnappten? Nie im Leben! Ich hab doch noch alle!"
„Und der rosa Pullover?"
„Passt dir sowieso nicht mehr gut, erbe ich eh bald."
„Ich kann ihn aufribbeln und Strümpfe daraus machen."
„Bist du wahnsinnig? Nein, tu das nicht! Bitte!"
„Also du kniest? Ich setze mich auf Großpapas Sessel. Das ist der Thron."
„In Vaters Arbeitszimmer? Bist du bekloppt? Wenn er uns erwischt!"
„Vater ist im Garten und schneidet Rosen. Das dauert immer."
„Steht nicht irgendwo, ob man das alles tun darf?", fragte sie verzweifelt, während wir uns durch den Hausgang zum Arbeitszimmer schlichen. Da Dorle „Carolus magnus" beschworen hatte, der in Wilhelm Buschs Zeichengeschichte einen prächtigen Schlafrock trug, holte ich mir mit einem Seitensprung ins Bad hastig Mutters Badecape, in dessen blasslila Grundfarbe riesige weiße Chrysanthemen eingewebt waren. Das legte ich mir über die Schultern und stolzierte zum Ohrensessel.
Ich musste mich beeilen, weil Dorle schon wieder zu zweifeln anfing: „Ich bin doch getauft. Gilt das danach noch?" So kamen wir nicht weiter. Eiskalt fragte ich zurück: „Den rosa Pulli oder nicht?" Sie sah sehr unglücklich aus, hin und her gerissen zwischen Besitzgier

und Glaubenszweifeln. Es stand ihr ins sonst so freche Gesicht geschrieben, dass sie Gottes Strafe fürchtete. Mit neun Jahren hat man doch noch ganz drastische, bildliche Vorstellungen. Mit elf Jahren allerdings auch. Ihre Gier auf meinen Pullover stand meiner Begierde nach einer äußersten Erfahrung entgegen. Wir waren ja schon so schön weit, aber jede Minute konnte der Vater ins Haus zurückkehren.
Hastig polsterte ich den Sessel mit einem schwarzgoldenen Brokatkissen, um mich zu erhöhen. Ich setzte mich darauf und zeigte mit spitzem Zeigefinger, an welcher Stelle Dorle vor mir niederknien sollte. Wütend rügte ich die Zögernde: „Es dauert nicht mal eine halbe Minute. Es ist völlig schmerzlos und keiner sonst weiß es. Und dafür kriegst du den wunderschönen rosa Pullover!" Wo ich rosa sowieso nicht leiden konnte.
Dorles Augen füllten sich mit ehrlichen Tränen, als sie zu meinen Füßen auf die Knie ging. Gut so. „Sie knien und sind vor Tränen stumm ..."
„Und jetzt?", piepste sie. Ich dachte: Hände falten. Aber noch spürte ich Blitz und Donner auf der Lauer liegen.
„Leg die Hand auf dein Herz – links! Links! Und los."
„Was muss ich denn sagen? Ich hab sowas noch nie gemacht, du blöde Kuh!"
„Das möchte ich nicht gehört haben! Sag einfach: Ich bete dich an. Sprich es langsam und schön. Und nicht gleich wieder hochspringen, du!"
Sie nickte ergeben und beugte den Kopf, allerdings mehr, als schämte sie sich. Heiser gurgelte es aus ihrer sonst so flüssigen Kehle: „Ich bete dich an."
Ich beobachtete, dass weiter hinten ihre Füße sich zuein-

ander schoben und akrobatisch überkreuzten. Hinten bat sie den Himmel um Vergebung. Wieder einmal schwieg ich erwartungsvoll, denn noch hatte sich in mir nichts ereignet und Dorle wiederholte wütend quengelnd: „Ich bete dich an! Das langt."
Nichts. Absolut nichts. Kein warmer Strom stolzer Glückseligkeit durch alle Adern. Kein Vulkanausbruch uferlosen Genusses im Herzen. Keine hüpfende Wonne im Puls, keine Flut goldener Zufriedenheit im Hirn. So konzentriert lauschte, horchte ich in mich hinein, dass mir Dorles Verschwinden entging. Nichts hatte ich bei dieser Anbetung empfunden, absolut nichts, nur Dorles überkreuzte Füße beobachtet und gedacht: „Und dafür kriegt sie nun den blöden Pulli."
So saß ich auf meinem Thron und war enttäuscht wie nie. Lag es an Dorle? Wenn ja: Wie viele Misserfolge mussten jene hinnehmen, die millionenfach von Menschen angebetet wurden? Mir war elend. Nie wieder wollte ich eine so dämliche Macht schmecken, irgendetwas daran war Betrug. In meiner Enttäuschung sank ich wohl etwas vornüber, sonst hätte ich sie kommen sehen müssen. Zwar hatte Dorle mich angebetet, aber sie wusste auch, dass ich mich auslieferte, als ich sie zu dieser Lästerung erpresste. Dass Dorle unsern Vater alarmiert hatte, spürte ich erst, als seine Backpfeife auf meiner Wange brannte. „Bist du total verdreht und verkorkst? ‚Der sich erhöht hat, soll erniedrigt werden', heißt es bei Hesekiel. In der Bibel, du Schafsnase! Merk dir das!"
Und ein zorniger Griff riss mich vom Thron. Da hatte ich nun also meinen Blitz und Donner. Und wie freute sich Dorle, dass er über mich kam.

Kaum waren wir beide wieder allein, schleuderte ich ihr den fiesen rosa Pulli vor die Füße und fauchte: „Morgen, wenn Vater über Land muss, kriegst du Prügel. Und was für welche! Die vergisst du nie wieder!"
„Das sag ich ihm auch."
„Dann kriegst du verdammte Petze eben nochmal Prügel!"
Eigentlich begann erst hier eine Kette von tagelangen, wechselseitigen Gewalttätigkeiten. Aber es kommt auf die Ursache an.

Wir wagen das Kreuz

Du hingst am Kreuz.
Du gingst vom Kreuz.
Dein Kreuz ist seitdem leer.
Wir wagen das Kreuz.
Wir tragen das Kreuz.
Auch wenn es schwer ist, schwer.

Du nahmst das Kreuz.
Du starbst am Kreuz.
Du warst dabei allein.
Vom Leiden am Kreuz
kam Leben vom Kreuz.
Wir werden viele sein.

Ausgestoßen

Andi kann bummeln, wenn der Schulunterricht vorbei ist. Auf ihn wartet keine Mutter. Gemütlich kann er durch die Straßen schlendern, vor jedem Schaufenster stehenbleiben, sich Zeit lassen. Solches Bummeln dürfen gehört zu dem wenigen, das Andi an seinem Leben gefällt.

Axel darf nie nach Schulschluss bummeln. Vor dem Schultor wartet bereits seine Mutter mit dem Auto. Tag für Tag weiß sie genau, wann der Unterricht in Andis und Axels Klasse endet. Diese Pünktlichkeit der Mutter gehört zu dem wenigen, das Axel stört. Außer wenn es regnet oder gar blitzt und donnert oder widerlich kalt ist. Andi bleibt oft noch vorm Schultor stehen und beobachtet, wie Axel zu seiner Mutter ins Auto krabbelt – übrigens nicht als einziger. Hinten muss er sitzen. Wie ein Kleinkind. Andi weiß nicht viel von seiner Mutter. Schwestern, Pflegerinnen, Heimleiterinnen, amtlich angestellte Erzieherinnen waren und sind seine Ersatzmütter in den Heimen, in denen er aufwächst. Das ist so, weil seine Mutter ihn nicht wollte oder nicht gebrauchen konnte oder mit irgendetwas in seinem oder ihrem Leben nicht fertig wurde. So genau weiß er das nicht.

Vor vier Jahren kam Andi in das moderne kleine Kinderheim am Ortsrand. Da sind noch etwa dreißig andere Kinder. Viele kleinere und ein paar größere, und es geht ihnen dort nicht schlecht. Wer vierzehn wird, muss raus und wieder woanders hin. Also wird Andi nicht mehr

lange hier bleiben. Wenn er darüber nachdenkt, möchte er am liebsten zu einem Kleinkind schrumpfen, das im Auto hinten sitzen muss. Komisch, dass er manchmal traurig wird, wenn er Axel samt Mutter davonbrausen sieht. Er steht dann oft noch minutenlang am selben Fleck und kommt sich leer vor, ohne bestimmte Gedanken, ohne lebendige Gefühle.
Meist ist es ein strubbeliger Hund, der sich zu Andi pirscht und ihn mit feuchter Schnauze anstupst, womöglich noch seine Hand schleckt und den gedankenleeren, gefühlserstarrten Jungen wieder lebendig macht. Der Hund heißt Tundra. Er ist eines der verschiedenen Tiere, die sich die Kinder im Heim halten dürfen, sowieso nicht viele. An Wochentagen reißt Tundra immer wieder aus, um die größeren Heimkinder in der Schule zu besuchen. Wie oft haben Lehrer und einheimische Mitschüler den Hund schon verjagt! Tundra findet immer neue Schleichpfade ins Schulgelände und dort immer neue Verstecke, in denen er bis Schulschluss auf diesen oder jenen seines Rudels wartet. Tundras Rudel sind die Heimkinder. Andi als eines der ältesten ist allerdings schon eher so etwas wie Tundras „Leittier". Auf ihn wartet der Hund am häufigsten. Wenn Tundra ihn dann endlich vor der Schule erwischt und aus seiner Versunkenheit stupst, sagt Andi manchmal zu dem Hund: „Der einzig nette Mensch hier bist du, Tundra." Und danach bummeln die beiden gemächlich los.
Um vierzehn Uhr erst gibt es Mittagessen für die Schulkinder des Heims. Keiner braucht früher da zu sein. Axel hat längst bemerkt, dass Andi ihn manchmal beobachtet. Zuerst stimmte es ihn stolz. So etwa: Ich habe es eben

besser als du! Einmal allerdings, als es in Strömen goss und Andi ohne Schirm, ohne Mantel mit diesem verrückt strubbeligen Hund vorm Schultor stand, entfuhr es Axel: „Können wir die zwei nicht mitnehmen, Mama?"
Seine Mutter hatte sich umgeblickt und gefragt: „Wer ist das überhaupt?"
„Es ist Andi. Der aus dem Kinderheim."
„Du bist doch wohl nicht mit dem befreundet?", hatte sie gesagt und bereits den Zündschlüssel gedreht. Und als der Motor ansprang, sagte sie noch: „Er ist ja sowieso schon ganz nass. Und erst dieser Köter …" Und ab ging die Fahrt.
Da war es einmal Axel, der sich leer vorkam – ohne brauchbare Gedanken, ohne brauchbare Gefühle. Von da an war es aus mit seinem Stolz. Einmal bat er seine Mutter sogar: „Hol mich doch nicht immer von der Schule ab!"
„Ich komme ohnehin auf meinen Geschäftsfahrten vorbei. Und auf diese Weise bist du sicher und pünktlich zu Hause", hatte sie erwidert. Seitdem sinnt und überlegt und probiert Axel, wie er seiner Mutter und ihrem Auto entkommen kann.
Als Andi in den Pausen merkt, dass Axel seine Nähe sucht, dass Axel mit ihm sprechen möchte, dass Axel seine Pausenschleckereien – Bananen, Schokoladenriegel mit was drin, Keks, Orangen – mit ihm teilen will, kommt es ihm vor, als bräche ein neues Jahrhundert an. Oder als hätte jemand die Sonne um einige Millionen Watt heller geschaltet. Denn wo sonst als in der Schule kann man zwischen sechs und vierzehn oder achtzehn Jahren Freunde finden?

Drei Jahre lang hatte Andi sich bemüht, unter den Mitschülern aus der Stadt einen Freund zu finden. Es war wichtig, dass sie einen akzeptierten, wenn man aus dem Heim kam. Aber sie taten immer, als wären die aus dem Kinderheim Aussätzige oder Kriminelle oder krankhaft Gefährliche. Manche Lehrer bildeten da keine Ausnahme. Andi hatte es erfahren müssen, als er auf die Oberschule wollte. Sie hatten ihn so nervös gemacht, so unsicher, dass er beim Lesen zu stottern begann. Sie hatten bloß den Kopf geschüttelt, gaben ihm gar nicht erst eine Chance. Dabei war er fest entschlossen, alle Mühsalen auf sich zu nehmen, nur um später einmal Arzt werden zu können. Er hatte sich genau informiert, worauf es dabei ankam. Er wusste, es würde auf jahrelange Paukerei hinauslaufen. Er war dazu bereit gewesen. Aber sie gaben ihm von vornherein keine Chance. Eine ihrer Begründungen hatte er aufgeschnappt: „Einer aus dem Heim! Was für eine Kinderstube hat der schon vorzuweisen? Und welche Stützen hat so einer?"

Axel hätte sowohl die richtige Kinderstube als auch ermutigende Stützen in seinen Eltern gehabt. Aber der traute sich ja nichts zu. Der hatte nie gelernt, sich etwas zuzutrauen. Alle Sorgen hielt ihm die Mutter vom Leib, selbst Wind und Regen. Und ausgerechnet der sucht plötzlich Andis Freundschaft. In jeder Pause klebt er förmlich an Andis Seite und schafft es mit der Zeit sogar, dass er im Klassenzimmer neben ihm sitzen darf. Freunde sind sie vorläufig allerdings nur in der Schule. Draußen ist nichts zu machen, weil ja Axels Mutter immer gleich angebraust kommt. Eine richtige Freundschaft wäre es natürlich erst, wenn einer den anderen auch mal daheim besuchen könnte. Von Andis Seite aus wäre das kein Problem. Wenn die Heimkinder nur Freunde fänden: Jeden dürften sie mitbringen und ihm ihre Zimmer zeigen, ihre Tiere, ihre Stubengefährten und alles Mögliche mit ihnen spielen und unternehmen. Doch Axel darf Andi nicht besuchen, darf seiner Mutter nicht einmal von der neuen Freundschaft erzählen. Er ahnt, was dann käme. Also kann er Andi auch nicht zu sich einladen. Andi reimt sich das alles schon von selbst zusammen und will mit Axel geduldig sein.

Eines Tages rückt Axel während der großen Pause mit einer Bitte heraus: „Ich muss ihr das abgewöhnen, dass sie mich immer abholt, als wäre ich noch Erstklässler. Hilfst du mir?" Andi nickt. Einen Plan haben sie rasch ausgetüftelt. Diesmal steht nach Schulschluss nur Andi vorm Schultor, als die Mutter vorfährt. Sie wartet, bis sich die übrigen Kinder nach allen Seiten verlaufen haben. Schließlich steigt sie aus und fragt Andi: „Wo ist Axel?"

Andi zuckt mit den Schultern und sagt: „Wir hatten heute früher Schluss, eine Stunde fiel aus. Axel ist wohl schon von allein losgegangen."

Sie blickt ihn scharf an und sagt: „Interessant. Und du? Du stehst also bereits eine Stunde lang hier herum?"

„Ich muss doch auf den Hund warten. Er wartet sonst ja auch immer auf mich. Als einziger Mensch auf der Welt! Er heißt Tundra."

„Tundra" lautet das vereinbarte Stichwort. Andi hat es laut genug ausgesprochen, sodass Axel es hören kann. Der hält sich hinter einer gewundenen Betontreppe mit Tundra versteckt. Bei dem Stichwort lässt er den Hund frei, der natürlich sofort zu Andi läuft. „Na? Da bist du ja endlich", sagt Andi, streichelt den Hund und sagt zu Axels Mutter: „Jetzt kann ich also auch heimgehen. Auf Wiedersehn!"

Sie braust ab wie eine wütende Wespe. Irgendetwas scheint sie zu ahnen. Kaum ist ihr Auto außer Sicht, stürmt Axel lachend aus seinem Versteck. Zum ersten Mal kann er gemütlich durch die Straßen heimschlendern, obendrein mit Freund und Hund. Eine sehr fidele kleine Gesellschaft, wenigstens fast eine halbe Stunde lang. Bis Axels Mutter sie erwischt, als hätte sie ihnen aufgelauert, obwohl die beiden einen raffinierten Umweg ausgeklügelt hatten.

„Natürlich hat der aus dem Heim meinen Axel dazu verleitet!" Das ist von Anfang an ihre Meinung. Daran lässt sie nicht rütteln. Nie wäre ihr stets so behüteter, vor allem Schlimmen bewahrter Axel von allein auf eine „derart niederträchtige Betrügerei" verfallen. Und wie gekonnt, wie geübt, wie geschickt, wie raffiniert, wie geradezu kriminell dieser Andi sie vorm Schultor angelogen hätte! „Wenn einer schon so dicke, ungekämmte, lange, schwarze Haare hat!"

Axel verteidigt den Freund geradezu wild und unermüdlich. Er bleibt ehrlich, zeigt sich mutig, er nimmt wieder und wieder alle Schuld auf sich und hadert mit seiner Mutter tagelang, möchte am liebsten vor ihr ausrücken, auswandern nach Australien, Hauptsache weit weg.

„Das würde nichts ändern", sagt Andi. „Irgendwann landest auch du bloß in einem Heim. Willst du das? Das? Also gib Ruhe. Es war wohl auch nicht richtig, sie auf diese Tour abzuschütteln. Du hast eben ein bisschen zu viel Mutter, so wie ich ziemlich viel zu wenig habe." Und er fragt sich, wer von ihnen wohl das schlechtere Los gezogen hat.

Nach all diesem Ärger wartet im Heim eine angenehme Nachricht auf Andi. Die Heimleiterin hat ihre größeren Zöglinge heimlich beim Alpenverein angemeldet.

Die Überraschung ist ihr pünktlich zu Andis Geburtstag gelungen. Auf einen Schlag sind er sowie zwei weitere Jungen und drei Mädchen aus dem Kinderheim Mitglieder der Jugendgruppe des Vereins. Schließlich leben sie in den Alpen.

Sie dürfen in den nächsten Sommerferien mit vielen anderen am ersten Touren- und Kletterkurs teilnehmen. Mit einer Gruppe Gleichaltriger und Älterer werden sie zwei Wochen in einer Berghütte leben und die erste Bekanntschaft mit Bergpfaden und Gipfeln, mit Graten und Kletterwänden machen. Bei solchen Zukunftsaussichten vergisst Andi den Ärger mit Axels Mutter.

Jeden ersten Donnerstag im Monat und manchmal auch an den Wochenenden treffen sich die Mitglieder der Jugendgruppe zu Wanderungen oder im Kreisjugendheim. Andi stellt sofort fest, dass hier keiner danach fragt, ob jemand aus einem Heim kommt oder nicht. Die Freunde vom Alpenverein finden anderes wichtiger, zum Beispiel, dass man die richtigen Seilknoten knüpfen lernt, das Wetter beobachtet, Gesteinsarten unterscheiden und Erste Hilfe leisten lernt und nicht zimperlich ist. Sie freuen sich sogar über den sechsköpfigen Nachwuchs aus dem Kinderheim.

Beim vierten Treffen wagt es Andi endlich, vor den neuen Bergfreunden auszusprechen, was ihm ja fast schon die Zunge verbrennt: „Ich hab einen Schulfreund, Axel. Könnten wir ihn nicht auch in die Jugendgruppe aufnehmen?"

Einer fragt: „Ist es dieser Axel, der sich immer von seiner Mutter herumkutschieren lässt?" Und als Andi nickt, fragt er: „Hat der überhaupt schon laufen gelernt? Ich will nicht unkameradschaftlich sein, Andi. Aber bei uns muss man gut zu Fuß sein und überhaupt der richtige Typ."

„Er will sich ja eben nicht mehr rumkutschieren lassen", beteuert Andi. „Er will ja raus da, weg von seiner Mutter."

Die andern lachen und winken ab: „Wir hätten bloß Ärger mit so einem."

Andi brüllt fast: „Es würde ihm helfen, bestimmt! Allein schafft er es doch nicht."

Sie werden ruhiger. Sie lachen auch nicht mehr. Der Gruppenleiter nickt sogar verständnisvoll. Trotzdem sagt er: „Wenn dieser Axel es nicht von allein schafft, Andi, dann ist es zwecklos. Solche Muttersöhnchen können meistens nicht mehr aus ihrer Haut. Und die Mutter wäre sowieso immer hinter ihm her. Glaub mir, ich kenne den Typ. Der passt einfach nicht zu uns."

Auch die andern reden jetzt. Jeder weiß etwas Abfälliges über Typen wie Axel zu sagen. Andi sitzt da und sieht wieder einmal völlig leer aus; sieht aus wie das arme Heimkind im Regen mit dem strubbligen Hund Tundra. Dabei empfindet er jetzt genau das Gegenteil: Armer, armer Axel, den hier keiner haben will. Als wärst du aussätzig oder kriminell oder krankhaft gefährlich – armes Hündchen …

Du träumst

Du träumst mit offnen Augen. Zwar siehst du andre an, doch träumst du bunte Zauberein, die man nicht sagen kann.
Was du aus Märchen hörtest, ist plötzlich leuchtend da.
Im Traum erlebst du selbst das Spiel, wie es bei Aschenputtel, beim Sternentalermädchen, bei Drosselbart und Hans im Glück geschah.

> Du träumst dir alle Wünsche
> zu Bildern bunt und schön.
> Träum nicht zu lange, nicht zu viel,
> weil Wünsche nur von Träumen
> nicht in Erfüllung gehn.

Du träumst mit offnen Augen am hellen Tag sogar.
Du träumst dir Abenteuer her und siehst dich selbst als Star.
Du bist der Cowboykönig, du bist die Königin,
bist alles, was bewundert wird. Bist Indianerhäuptling,
bist Astronaut und Tarzan, bist Stewardess und Indianerin.

> Du träumst dir alle Wünsche
> zu Bildern bunt und schön.
> Träum nicht zu lange, nicht zu viel,
> weil Wünsche nur von Träumen
> nicht in Erfüllung gehn.

Du träumst mit offnen Augen ... es geht so vielerlei, wenn du mit offnen Augen träumst, in Wirklichkeit vorbei.
Du hörst nicht und du siehst nicht, was alles du versäumst.
Du könntest helfen, Retter sein, es kann dich jemand brauchen,
du könntest wen gewinnen. Doch alle Chancen gehn vorbei. – Du träumst!

Du träumst dir alle Wünsche
zu Bildern bunt und schön.
Träum nicht zu lange, nicht zu viel,
weil Wünsche nur von Träumen
nicht in Erfüllung gehn.

Wir gelangen ans Ziel

Eine Antwort für Peter

Peter konnte sich an seinen Vater überhaupt nicht erinnern. Er war gestorben, als Peter noch in den Windeln lag. Zwar stand auf Mutters Nachttisch ein Bild von Peters Vater, aber es war stumm und starr wie eine Wand. Manchmal schlich sich Peter vor das Bild und stellte allerlei Fragen an seinen Vater: „Hast du mich lieb? Wie warst du eigentlich – lieb oder hart? Was soll ich später einmal werden? ... Das Bild antwortete nie.
Peter beneidete alle Kinder, die einen Vater hatten. Er konnte sich nicht richtig vorstellen, wo sein Vater eigentlich abgeblieben war. Hatte er sich vielleicht in eine Erdhöhle verkrochen oder war er ans Ende der Welt geraten und fand nicht mehr zurück? Auch auf solche Fragen antwortete das Bild nie. So fragte Peter eines Tages die Mutter danach.
„Er ist tot", sagte sie, „er liegt auf einem kleinen Friedhof weit östlich von hier in einem Grab."
Peter hatte atemlos zugehört. Wieso hatte man bislang nicht gewagt, ihm das zu sagen? Hielt man ihn für noch zu klein und dumm dafür?
„Ich möchte zu ihm", sagte er. „Ich will sehen, wo er liegt!"

Eine Weile lang überlegte die Mutter. Schließlich nickte sie: „Es ist wahr, du musst endlich wissen, wo er begraben liegt. In sechs Wochen, im November, ist sein Todestag. Dann wollen wir beide zu dem kleinen Friedhof fahren und deinen Vater besuchen. Er war ja auch mein Mann, wir hatten uns sehr lieb."

„Mich auch?"

„Dich am meisten, Kind."

Peter freute sich auf diese Reise. Sechs Wochen lang dachte er daran und was er seinem Vater alles mitbringen wollte: seinen liebsten Stoffelefanten, einen Strauß Strohblumen, eine schöne gläserne Murmel und ein selbst gezeichnetes Bild von sich und der Mutter. Am Tag vor der Abreise packte er alles in seine Schultasche und die Mutter legte noch ein Päckchen mit Reisebroten und Äpfeln dazu.

Am nächsten Tag – es war ein Sonntag – brachen sie um sechs Uhr zum Bahnhof auf. Noch schwebten die Glaskuppeln der Straßenlaternen wie blasse kleine Monde im Nebel. Peter sah große, traurige Wälder mit fast kahlen Buchenkronen und später dunkle Kiefernkronen am Zugfenster vorbeiziehen. Noch immer stoben Nebelfetzen vorbei. Zwei Stunden lang fuhr er mit der Mutter im Schnellzug. Dann mussten sie in eine Bimmelbahn umsteigen und trafen kurz vor Mittag endlich an ihrem Ziel ein. Das war ein kleines Dorf mitten in den Wäldern. Um die schlanke, hohe Kirche duckten sich vierzehn, fünfzehn Bauernhäuser, auch das Schulhaus sah wie ein Bauernhaus aus. Etwas entfernt vom Dorf jedoch sah Peter auf einer Anhöhe ein schönes, großes Anwesen liegen. Er fragte seine Mutter, ob das ein Schloss sei.

In Dankbarkeit
- Karolian
Dem Retter meiner Kinder

Sie erwiderte: „Wir werden nachher noch hingehen. Es gehört Herrn Karolian. Er erwartet uns. Aber jetzt wollen wir erst den Friedhof aufsuchen." Peter nickte. Vielleicht, dachte er, kriege ich jetzt endlich mal eine Antwort von Vater.
Doch als er wenig später vor dem schmalen, dunklen Grab seines Vaters stand, fühlte er sich nur unglücklich. Nichts, keine Spur von seinem Vater war zu sehen. Das Grab schwieg noch hartnäckiger als das Foto auf dem Nachttisch.
Zögernd nahm Peter seinen Schulranzen ab und holte die mitgebrachten Geschenke hervor – Elefant, Glaskugel, Strohblumen und das selbst gemalte Bild.
Er stellte alles zwischen die verblichenen Herbstblumen auf das Grab. Plötzlich kam es ihm dumm und unpassend vor. Es stimmte Peter traurig, begreifen zu müssen, wie wenig sein Vater damit anfangen konnte. Da entdeckte er neben dem Grabstein den Kranz mit ganz frischen, leuchtend weißen Blumen. An dem Kranz hing eine breite blaue Schleife, auf der in goldenen Buchstaben stand: „Dem Retter meiner Kinder! In Dankbarkeit – Karolian."
Peter las es zwei-, dreimal. Aufgeregt fragte er seine Mutter: „Was bedeutet das?"
Sie tupfte sich Tränen aus den Augen und erwiderte: „Du wirst es gleich erfahren. Herr Karolian soll es dir selbst erzählen. Komm, wir wollen ihn jetzt in seinem alten Schlösschen besuchen."
Peter war so neugierig und erwartungsvoll, dass er nicht länger an das Spielzeug auf dem Grab dachte. Mit langen Schritten eilte er seiner Mutter voraus auf das größte Ge-

bäude weit und breit zu. Als sie es erreichten, stand Herr Karolian schon vor der Tür. Er hatte Peter und dessen Mutter längst kommen sehen und erwartete sie freudig. Ein weißhaariger freundlicher alter Herr, der Peter wie ein guter Großvater begrüßte.

Nachdem er seine Gäste mit Kuchen und Kakao bewirtet hatte, hob er Peter doch tatsächlich zu sich auf den Schoß und sagte: „Ich will dir nun endlich von deinem Vater erzählen, von dem du so wenig weißt."

Peter nickte begierig. Es kam ihm vor, als sollten das reglose Bild auf dem Nachttischchen und das stumme Grab nun endlich lebendig werden. „Hatte mein Vater mich lieb?", fragte er. Herr Karolian nickte: „Er hatte alle Kinder lieb. Auch die meinigen. Die sind jetzt schon groß und wohnen in einer fremden Stadt."

„War mein Vater gut oder böse? Ich muss es wissen", bohrte Peter weiter. Herr Karolian antwortete: „Er war gut und tapfer. Vor etwa zwanzig Jahren schwebten meine Familie und ich in großer Gefahr. Hier regierten böse und dumme Menschen, die uns und unseresgleichen verfolgten. Sie hätten uns am Ende wohl umgebracht, so oder so, weil wir anders dachten als sie. Mich hielten sie sogar bereits eingekerkert – man muss es so nennen – und wollten auch meine Frau und meine Kinder hinter Gittern haben.

Niemand wagte, uns zu helfen, weil jeder Helfer damit sich selbst in Gefahr brachte. Da erfuhr in letzter Sekunde dein Vater von der Gefahr, die meiner Familie drohte. Er überlegte keine Sekunde. Er setzte sein Leben aufs Spiel, um meine Familie zu retten. Das war extrem schwierig in jener Zeit. Doch weil er gut und tapfer war, gelang es ihm. Man kam ihm jedoch auf die Spur und verhaftete auch ihn. Dass er nicht mehr zum Tode verurteilt werden konnte – dafür danke ich Gott noch heute. Meine Familie war rechtzeitig entkommen. Uns befreite gerade noch rechtzeitig ein Umsturz in unserm Land, deinen Vater und mich. Hätte er nicht so beherzt gehandelt, meine Familie wäre damals wohl ganz ausgelöscht worden."

Herr Karolian beendete seine Geschichte mit einem erleichterten Seufzer und fragte: „Kannst du dir jetzt vorstellen, wie dein Vater war? Die Gefangenschaft hat ihn zermürbt und krank gemacht ..." Peter nickte gleich mehrere Male und Herr Karolian sagte: „Dein Vater ist vor sechs Jahren an den Folgen der Schikanen gestorben, heute hast du selbst an seinem Grab gestanden. Aber im Grunde ist er gar nicht tot. Die guten Taten seines Lebens wirken noch fort – meine Kinder leben! Das war einzig sein Werk. Verstehst du?"

Peter verstand und sagte: „Jetzt brauche ich die dritte Frage ja eigentlich gar nicht mehr zu stellen."

„Welche dritte Frage?"

„Ich wollte immer von ihm wissen, was ich einmal werden soll. Sein Bild hat nie geantwortet. Das Grab heute auch nicht. Aber jetzt weiß ich mehr. Jetzt weiß ich es!"

„Was weißt du jetzt?"

Peter rutschte von Herrn Karolians Schoß, als meinte er plötzlich, dafür wirklich schon zu groß zu sein. Er reckte sich ein bisschen und hob den Kopf etwas höher: „Ich werde genauso wie Vater, gut und tapfer und all das ..." Obwohl er alles nicht gleich richtig ausdrücken konnte, kam es ihm vor, als wüchse er bei diesem Entschluss ein ganzes Stück in die Höhe. Er war dankbar und zufrieden.

Amial und der Blinde

Kurz nach Sonnenaufgang pochten harte Männerfäuste an die Gefängnispforten von Gaza. Stimmen brüllten, Waffen klirrten. Der Gefängniswärter Phildas erhob sich murrend von seinem Lager, um nachzusehen, wer so eilig in den Kerker wollte. Neben ihm sprang sein Enkel Amial auf, um dem Großvater wie immer behilflich zu sein. Als sie das Tor geöffnet hatten, erkannten sie Haso, den Kriegsknecht des Philisterfürsten Thera, in Begleitung einiger Söldner. Phildas ließ die Männer in den Hof und fragte: „Willst du mir einen Gefangenen bringen?"
Haso erwiderte höhnisch: „Du wirst heute noch einen besonderen Gast empfangen müssen. Bereite dein übelstes Verlies für ihn vor. Er muss spüren, dass die Mauern kalt, feucht und hart sind. Sehen kann er sie nicht. Wir haben ihm die Augen ausgestochen."
„Dann wird es nicht schwer sein, ihn zu bewachen."
„Mach dir keine unnützen Hoffnungen, Phildas. Immerhin soll ich mit meinen Soldaten die Bewachung verstärken. Ist dein schlimmstes Verlies frei?"
Phildas nickte und Haso rief: „He, Amial! Dann bring uns Brot und Wein!" Der Junge rannte, um das Gewünschte zu holen. Als er zurückkehrte, sah er die Soldaten in der Mitte des Gefängnishofes am Brunnen hocken. Sie hatten

ihre Waffen abgelegt und redeten mit Phildas. Amial hörte den Großvater staunen: „Was muss der Gefangene verbrochen haben, dass ihr ihn geblendet habt?"
Haso fragte lachend: „Hast du wirklich noch nichts von ihm gehört? Dein neuer Häftling wird Simson sein, vom Geschlecht der Daniter. Er behauptet, sein Gott habe ihn ausgesandt, die Kinder Israels von den herrschenden Philistern zu befreien." Erheitert prustete Phildas: „Das muss ein treuer Gott sein, der seinen Streiter in die Hände von Feinden fallen lässt!"
Amial musste sich jetzt wegen seiner allmorgendlichen Pflichten entfernen. Er brachte den Gefangenen Wasser und Brot und führte einige von ihnen an die Mahlsteine im Hof, damit sie in Ketten ihre Strafarbeit verrichteten. Geschwächt und ausgehungert wie sie waren, ließen sie sich von dem Jungen führen wie Schafe.
Gegen Mittag kamen lärmend allerlei Leute zum Gefängnis. Haso und seine Söldner stürzten mit ihren Waffen zum Tor. Dort standen Phildas und Amial. Sie blickten auf den Haufen, der den Gefangenen brachte. Die Menge stieß Simson vor sich her, bewarf ihn mit Steinen und faulen Früchten und schrie ihm Gehässigkeiten nach. Am Tor hielt der Zug an und Haso rief „Hei, Phildas! Der große Baal war mit uns, als der hier in unsere Hände fiel!"
Phildas musterte den Gefangenen und fragte spöttisch: „Ein kahler Kopf? Sehn so göttliche Streiter aus?"
Haso johlte: „Dort wuchs das Geheimnis seiner Stärke. Mit den Locken raubten wir ihm auch die Kraft. Es wird leicht sein, ihn an den Mühlstein zu ketten, Phildas. Da, nimm Simson, das machtlose Kind Israels, in deine Obhut und bewache es wie ein Geier!"

„Ein Kinderspiel, Haso."
Haso drehte sich zur Menge um und brüllte: „Habt ihr gehört? Ein Kinderspiel, sagt er! Wir sollten seine Worte wahr machen. Er soll den Löwen von Timnath den Kindern der Philister zum Spielzeug geben!" Die Menge jubelte, und Haso trat zu Amial, packte dessen kleine Hand und legte sie in die große, willenlos herabhängende des blinden Gefangenen.
Phildas befahl dem Enkel: „Führe ihn in das Gewölbe!"
Die Leute schrien ihnen nach: „Der Löwe von Timnath!"
Bei jedem Schritt rasselten Simsons Fußketten. Amial führte ihn in das muffige Kellergewölbe hinab. Er merkte, wie unsicher der Gefangene seine Füße setzte, darum warnte er ihn vor jeder Unebenheit: „Vorsicht. Die Steine hier haben scharfe Kanten."
„Wohin gehen wir?"
„In den Kerker."
„Und du führst mich hinein?"
Erstaunt antwortete Amial: „Man hat es mir doch aufgetragen!" Amial öffnete die Balkentür zum stinkendsten, kältesten Verlies des Gefängnisses. Simson folgte ihm hinein und blieb stehen, als Amial seine Hand losließ. Er fragte: „Was ist das?"
„Dein Kerker. Wohin du dich auch legst – überall feuchte Steine." Simson nickte. Amial sah zum ersten Mal einen Blinden im Gefängnis. Die anderen Häftlinge konnten durch winzige Gitteröffnungen wenigstens einen Streifen Tageslicht sehen. Amial wusste, wie viel ihnen der lächerlich winzige Lichtblick bedeutete. Unsicher murmelte er: „Vielleicht gelingt es mir, ein Ziegenfell für dich herzuschaffen."

Simson hob das Gesicht: „Hat man dir das auch aufgetragen?"
„Nein."
An der Tür fiel Amial ein: „Warum nennen sie dich den Löwen von Timnath?"
„Weil ich am Weinberg zu Timnath einen Löwen zerriss."
„Du hast einen Löwen zerrissen? Du?"
„Nicht mit meiner Kraft, sondern mit der meines Gottes, die über mich kam."
Amial spottete: „Dein Gott ist treulos! Das hat auch mein Großvater Phildas gesagt."
Überrascht fragte Simson: „Was weißt du von meinem Gott?"
„Er ließ dich allein, als die Feinde dich fingen und als sie dich blendeten. Da war er nicht bei dir."
„Ja, erblinden ließ er mich. Und er kann mich auch töten lassen."
„Und trotzdem glaubst du an ihn?"
Simson tastete sich zur Mauer, legte seinen Kopf an die Steine und fragte: „Ist es leichter, an Dinge zu glauben, die nicht wehtun? Wer bist du, ein Philister, Diener der Götzen Baal und Astarte, dass du mit meinem Gott haderst?"
„Wer ist denn schon dein Gott?"
„Herr über Leben und Tod."
„O ja", fuhr Amial auf, „man sieht, was dein Gott mit deinem Leben macht: kaputt. Leben lässt er, wie es ihm gerade passt. Und sterben genauso. Dem einen gibt er Hunger nach dem andern, dem Armen Neid auf den Reichen, den Reichen Gewalt über Arme …

„Kleiner, du sprichst, als gäbe es in uns Menschen nur Mägen. Wo bist du? Wer erlaubt dir, mit mir zu sprechen?“
„Und du sprichst, als gäbe es nur Furcht voreinander. Ich bin Amial, der Enkel des Gefängnisaufsehers. Wer dich einen Löwen heißt, für den wäre ich nur ein Schmetterling.“
„Ein Kind“, seufzte Simson, „das mich als Spielzeug bekam.“
Amial wandte sich heftig ab, blieb aber doch noch einmal stehen und sagte leise: „Ich habe nie ein Spielzeug zerbrochen. Jedes verspricht Freude. Ich habe Freude so gern, aber Schmerz und Not tun mir weh. Davon sehe ich zu viel hier.“
Er warf die Tür hinter sich zu und verriegelte sie. Abends brachte Amial dem neuen Gefangenen etwas mehr Wasser und Brot als den anderen. Er redete sich ein, dass Simson gestärkt werden sollte, damit er am Mahlstein nicht zu schnell ermüdete. Immerhin machte Phildas gute Geschäfte mit dem Mahlen des Korns.
Simson hob die Wasserschale stumm an seinen Mund. Amial blieb bei ihm, um ihm die Hände zu führen. Verstohlen blickte er auf die blutverkrusteten Augenhöhlen. Es ekelte ihn und graute ihn davor, und doch konnte er nicht widerstehen, und jedesmal traf es ihn tiefer. Plötzlich fragte Simson: „Bist du noch hier?“
„Ja, Simson.“
„Was tust du?“
„Deine Augen“, brach es aus Amial hervor, „deine Augen!“
„Sie sind doch gar nicht mehr da. Sie wurden verkauft

für den Spottpreis von sechs mal tausend und hundert Silberlingen."
„Du hast deine Augen verkauft?"
„Nein. Delila verriet mich für Geld an die Philister. Meine schöne Frau Delila."
„Wenn sie deine Frau war, wie konnte sie sich dann gegen deinen Gott richten? Wenn du doch für ihn streiten solltest?"
Simson schüttelte den Kopf und antwortete: „Wusste sie denn von ihm? Und wenn – wusste sie von ihm wie ich?"
Amial begann laut zu überlegen: „Dein Gott wird ein Mann sein. Was verstehen Frauen davon?"
„O nein, Amial. Er ist alles, er ist das Leben selbst. Davon sollten die Frauen mehr wissen, weil sie es gebären."
Amial ging mit den geleerten Schalen zur Tür und sagte: „Ich will über alles nachdenken, Simson. Man muss den Feind kennen, wenn man ihn überlisten will, sagt Phildas. Schlaf doch bitte."
Im Hof sah er den Kriegsknecht Haso am Brunnen lehnen. Er trat neben ihn, um mehr über Simson zu erfahren. Haso berichtete von Simsons unfassbarer Kraft, die den Philistern Schaden und Verluste zugefügt hätten, um dem Volk Israel zu dienen, deren Ausgesandter Simson war.
Amial lauschte und fragte: „Hast du einmal wirklich gründlich auf seine Augenhöhlen gesehen? Müssen wir einen Wehrlosen noch weiter quälen? Tat er denn nicht alles, weil Gott es wollte?"
Haso staunte: „Du redest, als sei sein Gott auch deiner."

„Sein Gott ist Herr über alles, ist mehr als Mann und Frau, ist alles, was lebt.“

Hasos Stimme hob sich: „Und Baal? Dagon? Astarte? Sagt man das nicht auch von ihnen?“

Amial zuckte die Achseln und fragte: „Warum beten wir alle möglichen Götter an, wenn es einen solchen Gott gibt, Haso?“

Haso schüttelte Amial an den Schultern und beschwor ihn: „Willst du seinen Gott etwa über unsere Götter setzen? Was ist denn das für ein Gott, von dem man nichts sieht, von dem man sich kein Bild machen kann, der also gar nicht dasein kann? Weiß Simson nichts Klügeres, als dich zu beschwatzen? Man sollte es dir verbieten, ihn zu versorgen!“

An diesem Abend fiel Amial erst spät in hellhörigen Halbschlaf. Der gleichmäßige Schritt der wachhabenden Söldner um das Gefängnis verwandelte sich in Amials wirren Träumen zum Rhythmus des pochenden Blutes, wie er es in Simsons Augenwunden gesehen hatte. Diese Erinnerung riss ihn hoch. Leise schlich er sich in den von blassem Mondlicht erhellten Hof. Noch immer lehnte Haso am Brunnen. Amial huschte zurück in den Keller und holte einen Krug Wein. Als er ihn vor Haso niedersetzte, sagte der Kriegsknecht gut gelaunt: „Solche Nachtfalter lasse ich mir gefallen! Schenken dir deine Träume so gute Einfälle?“

Amial stammelte: „Ich dachte nur ... damit du munter bleibst.“

„Dafür werde ich am Tag umso besser schlafen können“, lachte Haso und hockte sich vor den Krug. Amial entfernte sich langsam. Noch ehe er die Haustür erreicht hatte, hörte er drei, vier hastige Schritte und fühlte sich in der nächsten Sekunde von hinten gepackt. Über ihm zischte Haso: „O ja, ich begreife, du! Der Wein soll mich bis zum Morgen fest einschläfern, damit du ungehindert mit Simson lästern kannst, leichtgläubig, wie du bist. Da, sieh her, wie ich auf deine Heimtücke antworte!" Haso sprang zurück, hob den Weinkrug mit beiden Händen hoch über seinen Kopf und zerschmetterte ihn auf den Steinen.

Am nächsten Morgen erwachte Amial mit nie empfundener Angst. Länger als sonst blieb er in der Vorratskammer, um die Rationen für die Gefangenen zuzubereiten, bis Phildas kam und schalt. Mit Wasserkrügen und dem Brotkorb trat Amial zögernd in den Hof. An der Schattenseite des Brunnens sah er die Söldner liegen und schlafen, zwischen ihnen Haso. Amial gelangte zu Simson, kniete sich vor ihn hin und hielt ihm die Wasserschale an den Mund. „Was gibt es Neues in Gaza?", fragte Simson.

„Im Tempel feiern sie deine Gefangennahme. Sie singen und tanzen und trinken und essen wie noch nie. Tage und Nächte wollen sie feiern. Dem Gott Dagon opfern sie Mastochsen und Ziegen. Alle Fürsten der Philister sind gekommen, von Ekron, Gat, Aschdod, Aschkalon ..."

Simson lachte lautlos in sich hinein und sagte: „Ich muss wohl ein großer Held gewesen sein, Amial. Sind die Söldner noch immer oben? Heute Nacht hörte ich Schritte."

„Ja", sagte Amial, erinnerte sich an sein letztes Gespräch mit Haso und fragte: „Warum ist es so schwer, von dem einzigen Gott zu wissen, damit man an ihn glauben kann?"

Simson hielt ihm die Wasserschale hin. Amial nahm

sie und sah die Hände des Blinden weitertasten. Amial beugte sich vor, sodass Simsons Hände seine Schultern fanden: „Amial, du sollst Gottes Kind sein, sein Kind! Nicht sein Erwachsener. Vor Gott nutzt es dir nichts, auch wenn du seine Sterne und noch mehr deuten könntest. Deinen blinden Glauben will er."

„Warum lässt er es zu, dass die Menschen sich Gottheiten und Götzen ausdenken? Und sogar noch selber machen. Man könnte sie ganz leicht zerstören."

„Ach, wir Menschen! Wir erdenken und wollen und schaffen so vieles – und letztlich schaffen wir damit nichts als Gottes Zorn."

„Kann uns etwa sein Zorn beweisen, dass es ihn gibt?"

Simson packte Amials Schultern fester: „Warum willst du Gott versuchen, Amial? Wenn sein Zorn kommt, dann ist es zu spät, dann zerbrechen wir. Sieh doch auf mich! Ich habe es genutzt, sein Werkzeug zu sein. Ich habe immer mit ihm gerechnet, mich auf ihn verlassen. Er aber wollte sich auf mich verlassen. Ich bin ein grobes Werkzeug der Strafe und der Rache. Gott wird uns eins der Liebe schicken müssen. Sein Simson ist zerbrochen, der wollte zu viel."

Amial fragte: „Fühlst du deinen Gott nicht mehr?"

Simsons Hände glitten von Amials Schultern. „Seit ich blind bin, ist nicht nur außen alles dunkel, auch innen. Das ist das Schlimmste."

Amial beteuerte: „Ich will nie von deiner Seite weichen, Simson. Ich will deinen Gott um Vergeltung für dich bitten. Er muss jetzt doch auch mich entdeckt haben und mich hören, weil ich bei dir bin."

Langsam hob Simson den Kopf. „Ich sehe dich nicht,

Amial. Doch dein Bild ist in meinem Herzen und strahlt in das Dunkle."
„Wie, Simson? Wie!"
„Ach, Amial, wenn Liebe sich fassen und erklären ließe, gäbe es Gott nicht, weil er doch in ihr ist."
Ein Geräusch schreckte sie auf, ein Schritt draußen im Gang. Amial sprang hoch: „Es kommt jemand!"
Erstaunt flüsterte Simson: „Warum fürchtest du dich?"
„Weil Haso mir verbieten wollte, mit dir zu sprechen. Ob er sich da anschleicht?"
Wieder ein Schritt, dann atemlose Stille. „Nein", sagte Simson, „es war jemand hier, es ging jemand fort."
Amial konnte auch weiterhin zu Simson. Das gelang ihm, weil Haso sich in den Morgenstunden von seiner Nachtwache ausruhte und sich gegen Abend durch eine nächste Rast für die Nachtwache vorbereitete. Bald machte Amial an Simson eine wichtige Entdeckung: Simsons Haar wuchs wieder nach. Simson unterdrückte seine Freude mit mühsamem Flüstern: „Es wächst nach, Amial! Es wächst nach! So wird auch meine Kraft wiederkehren. Aber du musst sie nicht fürchten, Amial, du niemals. Mein Gott sei gelobt, es wächst nach!"
Amial blieb diesmal länger bei Simson. Sie überlegten, wie sie das Geheimnis verbergen könnten, da bis jetzt nur Amial den Gefangenen sah. Gegen Mittag aber fiel es Haso ein, Simson hinauf in den Hof zu führen und an den Mahlstein zu ketten. Er schickte Phildas, Simson zu holen. Amial stand im Hof und ließ Haso nicht aus den Augen. Phildas zerrte den Blinden vor Haso. Der richtete sich steil auf, spie Simson ins Gesicht. Simson zuckte zusammen. Im nächsten Augenblick stand Amial zwischen

ihm und dem Kriegsknecht, hob den Zipfel seines Kleides und wischte Hasos Spur ab. Amial hatte blindwütig, trotzdem fast lautlos gehandelt, aber Simson erkannte ihn und flüsterte: „Ein Schmetterling ..."
Amial drehte sich besorgt zu Haso um. Der starrte auf Simsons Haupt, auf die nachwachsenden Haare. Es verschlug ihm die Sprache. Ungeduldig fragte Phildas: „Sollte er nicht an den Mahlstein?" Haso kam zu sich, stieß Amial zur Seite, packte Simson und trieb ihn vor sich her zum Mahlstein. Er fesselte ihn an die Mahlstange, dass die Ketten ins Fleisch schnitten. Dann griff Haso nach einer Peitsche und begann, sein Opfer anzutreiben. Er jagte Simson im Kreis. Knirschend drehte sich der schwere Mahlstein, die Stange knarrte, und über Simsons nackten Rücken fuhr Hieb auf Hieb der mehrschwänzigen Lederpeitsche. Amial vergaß alles und warf sich dem rasenden Kriegsknecht in den Weg. Ein Peitschenhieb traf sein Gesicht, und er musste Blut schmecken. Und während Haso den Gefangenen jagte, brüllte er Amial zu: „Was sorgst du dich um den? Weißt du nicht, dass sein Weib Delila ihn mit sieben Seilen von frischem Bast band und er alle sieben sprengte? Und dann band sie ihn mit neun Stricken, um seine Stärke zu prüfen, und wieder zerriß er sie – eins-zwei-drei-vier ..." Mit rasendem Poltern mahlte der Mahlstein. „Aber dann gab er ihr sein Geheimnis preis", schrie Haso. „Die Kraft ruhte in seinen Haaren, und als er schlief, schor ihm Delila die Haare vom Kopf und er verlor seine Kraft mit den Haaren! Simson? Deine Haare wachsen nach. Wehre dich doch! Wo bleibt deine Kraft? Warum wehrst du dich nicht? Wie eine Laus könntest du mich in deinen Pranken

zerdrücken!“ Der irrsinnige Tanz am Mahlstein brach ruckartig ab. Da stand Simson, überronnen von Schweiß und Blut, und vor ihm jetzt stand Haso und zwischen ihnen lag die Peitsche.
Haso keuchte: „Warum wehrst du dich nicht?“ Simson schwieg. „Wehr dich doch!“, brüllte Haso und bückte sich nach der Peitsche.
Bevor er sie aufheben konnte, war Amial bei Simson und umklammerte den Unglücklichen schützend mit beiden Armen. „Sag ihm, warum du dich nicht wehrst“, bettelte er.
Simson nickte: „Weil du da bist, Amial.“
„Was bedeutet das?“
„Ein Felsengebirge verspürt die eigene Gewalt, wenn ein Schmetterling es bezwingt. Deine tapfere Demut, von der du selbst gar nichts weißt, soll dich retten. Die List und Gewalt aber, mit der die anderen fremde Geheimnisse erforschen wollen, wird sie vernichten.“
Amial vergaß, dass Haso hinter ihm stand. „Vernichten“, rief er, „warum immer wieder nur vernichten?“
„Amial. Habe ich dir nicht gesagt, dass wir Menschen immer wieder Gottes Zorn erregen?“
„Aber doch nicht alle Menschen. Es gibt doch gute und schuldlose. Warum werden die gutwilligen mit den Sündern und Bösen vernichtet?“
„Vielleicht will Gott die Menschen am Ende seines Zorns nicht ganz untergehen lassen, weil er sie ja liebt, weil er aus Enttäuschung zürnt. Vielleicht ist darum bei den vernichteten Geschöpfen immer dies oder jenes, um das er trauern muss. Und Zorn und Trauer fügen sich in ihm zu neuer Geduld und Hoffnung mit uns, Amial.“

Ein sausender Peitschenhieb trieb Simson und Amial auseinander.
Einen Tag später fiel es den im Tempel zu Gaza noch immer feiernden Philistern ein, Simson vorzuladen. Sie wollten sich mit seiner Erniedrigung eine Abwechslung in ihrem Jubeln und Prassen verschaffen. Die Fürsten beauftragten Haso, den Blinden zu bringen. Und Haso wählte berechnend Amial als Blindenführer aus. Der Junge sollte die elende Schwäche seines Schützlings sehen.
Umringt von den Söldnern, ging Simson an Amials Hand durch die Gassen zum Tempel, dicht hinter ihnen Haso. Er spottete: „Freue dich, Simson. Dreitausend Philister und ihre Fürsten wollen den Löwen von Timnath spielen sehen. Welche Ehre!"
Im Tempel brauste ihnen der Lärm des berauschten Volkes entgegen. Nur mühsam und mit gezückten Schwertern gelang es Hasos Mannschaft, mit Simson zwischen die Säulen im Mittelpunkt des Tempels zu gelangen, wo sich die Fürsten im Kreis niedergelassen hatten. Dort stellten sie Simson auf die Stufen zum Opfertisch, damit alle ihn sehen konnten. Das Volk raste, über Simson ergoss sich eine Flut von Flüchen und Schmähungen. Noch immer blieb Amial neben ihm und hielt seine Hand. Aber plötzlich zerrte jemand an seiner freien Hand. Haso, seltsam erregt, flüsterte: „Komm, kleiner Dummkopf. Nichts wie weg von dem da! Weiß ich, ob es uns gelingen wird, Simson vor der Meute zu schützen? Komm raus, raus!" Doch ehe Haso Amial fortziehen konnte, wiesen die Fürsten ihn an, die Führung der Söldner draußen vor dem Tempel zu übernehmen. Sie konnten kaum noch

das nachdrängende Volk abwehren. Erleichtert sah Amial, wie Haso den Tempel verließ.
Auf einmal drang Simsons Stimme durch den Lärm zu ihm: „Lass mich die Säulen tasten, auf denen das Haus steht, damit ich mich dranlehne." Er wird sich schützen wollen, weil er schwach ist, dachte Amial und führte Simson an die Säulen in der Tempelmitte. Kaum hatte er ihm den Wunsch erfüllt, presste Simson seine Hand und zog ihn nahe zu sich: „Geh, Amial, geh! Fliehe aus dem Tempel, so schnell du kannst. Nun musst du mich allein lassen, du musst es tun! Fliehe! Ich will wissen, dass du entkommst, Kind!"
„Warum? Was hast du vor, Simson?"
„Amial, ich flehe dich an, lauf hinaus so schnell du kannst, bitte!"
„Aber ich habe dir versprochen …"
„Du sollst gehn! Fort mit dir! Lass mich los und geh!"
Simson stieß ihn von sich. Erschrocken taumelte Amial einige Schritte zurück. Er dachte nicht daran, den Tempel zu verlassen. Er hörte Simson rufen: „Amial! Amial? Bist du fort?" Und sah ihn mit seinem blinden Gesicht in den Lärm hineinlauschen. Amial antwortete nicht. Er hatte es Simson versprochen, also blieb er bei ihm, stumm und reglos, zwei, drei Schritte neben ihm. Plötzlich reckte Simson sich hoch auf und Amial hörte seine Stimme über den Lärm hinhallen: „Mein Herr und Gott! Denk an mich und gib mir noch einmal meine alte Kraft wieder, damit ich mich wenigstens für eins meiner Augen an den Philistern rächen kann!" Die Muskeln an Simsons Armen wölbten sich, zersprengten die Ketten und die Arme umspannten die Säulen, dass sie zerbrachen.

Die Mauern des Tempels wankten, die Menge brach in heulendes Geschrei aus und Steine und Balken krachten, barsten und splitterten. Amial sah die Wölbung des Tempels herabkommen wie den leibhaftigen Zorn dessen, den Simson angerufen hatte. Amial hörte den Untergang und sah auch Simson stürzen, ehe ihn selbst die Trümmer trafen und begruben.
Am Abend fanden die Überlebenden einen, der hatte seine Waffen von sich geworfen, seine Kleider zerfetzt, der lag auf den Trümmern des Tempels und klagte laut. Sie erkannten in ihm den Kriegsknecht, der sie daran gehindert hatte, zu ihren Brüdern in den Tempel nachzudrängen, um Simson spielen zu sehen. Und weil er sie damit auch davor bewahrt hatte, das Sterben der Dreitausend zu vermehren, hoben sie ihn dankbar auf und trugen ihn in eins ihrer Häuser, um seine vermeintlichen Wunden zu pflegen. Und sie dachten, dass es sich um sein bei dem großen Strafgericht zu Tode gekommenes Kind handeln müsse, als sie ihn im Fieber stöhnen und stammeln hörten: „Amial … Amial? O Gott, es ist immer eins dabei, um das du trauern willst, du Gott – welch ein Gott? Wer wird es mir jetzt noch sagen können? Amial, bitte, du Amial!"

Die Angst

Die Angst hat noch mehr Fantasie
als Kinder und als Dichter.
Auf tausend Füßen krabbelt sie,
hat tausende Gesichter.
    Wenn du allein im Dunkeln bist,
    schon liegt sie auf der Lauer.
    Wohin du fliehst – sie steht im Weg
    wie eine Riesenmauer.
Die Angst hockt meistens in dir selbst.
Du hörst die Eltern streiten,
sofort beginnt die Angst in dir
sich schmerzlich auszubreiten.
    Auch wenn du dich verlassen fühlst,
    von aller Welt vergessen:
    Schon wächst die Angst wie ein Geschwür
    und will sich in dich fressen.
Du hörst von Krieg – gleich ist sie da,
die Angst vor Tod und Wunden.
Sie schlägt dich oft nur wie ein Blitz
und quält dich manchmal Stunden.
    Doch Mut und Glauben sind dir mit
    auf deinen Weg gegeben.
    Selbst Gottes Sohn ging durch die Angst.
    Sie ist in jedem Leben.

Letzte Landung

Tapfer begleitete Gabi ihren Vater jedes Mal zum Drachenfliegen, obwohl sie nicht hinsehen mochte, wenn er erst einmal hoch über ihr vom Berggrat in die bodenlose Luft abgesprungen war. Fast tausend Meter unterhalb ihres Vaters hockte sie in der Landewiese. Ihre Finger hielt sie krampfhaft gefaltet, dass die Knöchel weiß wurden von stockendem Blut.

Natürlich blickte sie trotz ihrer tödlichen Angst um den Vater zu ihm empor. Mit wirren Worten betete sie die ganze Zeit um sein Leben. Sie sah ihn dort oben auf dem Felsgrat Anlauf nehmen. Seinen großen leuchtend roten Drachensegler hielt er gegen den Aufwind. Und der Wind fuhr unter das rote Segel, hob es – der Start war wieder einmal geglückt. Lautlos schwebte Gabis Vater im Drachengestänge talabwärts. Er flog in großen Bögen, wie ein riesiger, roter, ruhiger Falter. Es sah schön aus.

Trotzdem entkrampften sich Gabis Hände nicht. Als Tochter eines Drachenseglers wusste sie, was unter Drachenseglern los war. Binnen zwei Jahren waren allein in diesem Teil der Alpen drei Drachensegler tödlich abgestürzt. Sie sagten zwar: „Auf den Straßen gibt es jedes Wochenende mehr Tote." Aber das war nicht die richtige Rechnung, schon gar nicht für Gabi. Sie hatte, einmal nur, mit ihrem Vater sogar ein wenig darüber gestritten. Er verteidigte natürlich sein geliebtes Hobby. Wie strahlte er nach jeder Landung! So traumhaft schön sei es gewesen, dass man es nicht mit Worten schildern könne, schwärmte er hinterher jedes Mal. Wenn er dann Gabi

anblickte, die erschöpft und bleich auf der Wiese hockte, sagte er wohl auch: „Man darf eben keine Angst haben, man muss Gottvertrauen haben."
Gabi gönnte ihrem Vater ja auch jede Freude. Aber warum musste seine Freude sie so sehr ängstigen? Sie betete immer: „Lieber Gott, lass ihn bitte heil landen!" Mit der Zeit betete sie auch: „Bitte mach, dass ich es aushalte." Da Gott diese letzte Bitte seit zwei Jahren nicht zu hören schien, fürchtete Gabi, Gott höre womöglich auch die erste nicht.
Klein hockte sie auf der Wiese. Der rote Drachensegler trieb etwa noch hundert Meter über ihr vor dem blauen Himmel im Wind. Gabi wagte kaum zu atmen. Sie betete auch: „Lieber Gott, lass ihn meine Angst bitte nicht sehen, er soll sich ja freuen!" So ging das an jedem schönen Wochenende vom Frühjahr bis zum Spätherbst.
Der Vater segelte jetzt rasch und heftiger schaukelnd abwärts. Vielleicht noch fünfzig Meter, noch dreißig. Man kann sich auch das Genick brechen, wenn man aus nur vier Metern Höhe absackt und hinschlägt. Aber er landete auch diesmal sicher. Rasch befreite er sich aus Gurten und Drachengestänge und lief gleich zu Gabi. Er beugte sich über sie und zog ihre immer noch zum Gebet verkrampften Finger behutsam auseinander.
„Dies war mein letzter Flug, Gabi," sagte er, „er war wunderschön."
„Aber warum dann dein letzter?", fragte sie. Nie hatte sie ihn gebeten, aufzuhören. Er lächelte sie an und antwortete: „Lass mich doch auch mal tapfer sein. Eines Tages werde ich deinetwegen aus Sorge beten. Was werde ich dann darum geben, dass es einen Vater gibt, der meine

Gebete erhört! Na? War meine letzte Landung nicht die beste?"
„Und wie", stieß sie hervor, „und wie!"

Der Junge mit der Geige

„An diesem Sonntag machen wir mal einen Ausflug an die Ostsee", sagte der Vater zu seiner Tochter, aber Gisa verzog geringschätzig das Gesicht und maulte: „Das sind ja nur zehn Kilometer bis dahin. Und die Ostsee hab ich schon hundertmal gesehen." Der Vater fragte: „Auch am Sonntag?"
„Logisch. Was soll denn da anders an ihr sein?"
„Die See ist immer schön", meinte der Vater, „immer neu. Bitte, hol die Fahrräder aus dem Schuppen. In einer halben Stunde fahren wir."
Der Himmel war wolkenlos, als sie aufbrachen. An den Straßenrändern leuchteten weiße Birkenstämme. Ein sanfter, landeinwärts ziehender Wind brachte frischen, salzigen Meeresduft. Aber Gisas Miene blieb gelangweilt. Sie kannte die See, immerhin lebten sie ja ständig im Bereich ihrer Küste – Gisa konnte und mochte sich nicht auf etwas freuen, das ihr so vertraut war. Kurz vor der Küste bog der Vater ab in einen schmalen Sandweg, der sich durch ein Kiefernwäldchen bis zum Strand schlängelte. Im Wald lag das Sonnenlicht in großen bizarren Flecken auf dem Moos, das hellgrün leuchtete. Zwei bunte Eichelhäher flogen kreischend auf und davon. Wenig später sahen sie es grünblau und graublau durch die Stäm-

me leuchten, als münde dort die Erde in den Himmel ein. Das war das Meer. Der Weg wurde dick sandig, sie mussten von den Rädern steigen, anders war nicht mehr durchzukommen.
Gleich darauf erreichten sie den Strand. Er zog sich von Ost nach West wie eine breite gelbe Wüstenpiste, aber Gisa beachtete es nicht weiter. Missmutig ließ sie das Fahrrad in den Sand fallen und hockte sich daneben. Ihr Vater hingegen blieb stehen, atmete so tief und genüsslich, als müsse er sich für Wochen mit dieser reinen Luft vollpumpen, und er blickte bewundernd über die See hin, die sich in mächtiger Klarheit bis an den Horizont dehnte und unentwegt mit breiten, flachen Wellen an das Ufer schmatzte. „Und jetzt?", fragte Gisa gelangweilt.
„Du könntest baden, schwimmst doch so gern. Und gut, das muss man sagen ..."
„Baden kann ich auch zu Hause in der Badewanne und schwimmen im Schwimmbad. Da ist es viel lustiger. Und der Grund ist mit Sicherheit glatt, ohne Steine."
„Verdirb dir nicht selbst diesen prachtvollen Tag, Gisa. Mies machen kann man alles. Konnten wir uns denn ein schöneres Ausflugsziel wählen?"
„Natürlich, nämlich endlich mal was Neues!"
„Musst du denn immer nur irgendeiner Neuheit nachjagen? Da, sieh dir diesen Himmel an und freue dich! Und die See! Sie ist jedesmal anders und doch immer wieder schön." Gisa hörte nicht weiter hin, legte sich zurück in den Sand und schloss angeödet die Augen.
Plötzlich drang ein seltsamer Ton an ihre Ohren, der gar nicht hierher passte, ein hohes, helles Singen, das

weder aus einer menschlichen noch aus einer Vogelstimme kommen konnte. Gisa richtete sich verwundert auf und blickte um sich. In ihrer Nähe hockte ihr Vater auf einer Sandwelle. Auch er schien den Ton gehört zu haben, denn er hielt den Kopf lauschend zur Seite geneigt.
„Was kann das sein?", fragte Gisa.
Der Vater zuckte die Achseln. „Vielleicht vom Strandcafé herüber? Nee, das ist ja über einen Kilometer entfernt und der Wind steht landeinwärts."
Gisa sprang auf. Endlich war hier etwas Neues, Rätselvolles. „Wollen wir mal nachschauen, Paps?" Der Vater nickte und folgte ihr in der Richtung, aus der der eigenartige Ton zu ihnen gedrungen war. Mit jedem ihrer Schritte hörten sie es deutlicher – das war nicht nur ein einzelner Ton, das war ein ganzer Springbrunnen von seidigen, singenden Klängen, eine Melodie auf einer Geige gespielt. Wenig später entdeckten sie auch den Spieler. Er saß am Waldrand im Sand und geigte so selbstvergessen, dass er ihr Kommen zunächst nicht bemerkte. Sie sahen einen mageren, sonnengebräunten Burschen mit schwarzen wirren Haaren.
Als er Gisa und den Vater endlich bemerkte, ließ er sofort den Geigenbogen sinken und blickte ihnen verlegen entgegen. Der Vater ermunterte ihn: „Spiel doch bitte weiter! Es ist ein zauberhaftes Stück ..."
Der Junge schüttelte abweisend den Kopf.
„Aha", rief der Vater, „jetzt erkenne ich dich. Du spielst doch sonst öfters im Strandcafé da drüben, stimmt's?"
„Stimmt. Damit verdiene ich mir etwas Geld. Nicht viel, aber immerhin ..."
„Und heute? Heute nicht?", wunderte sich der Vater.

Der dunkle Junge erwiderte zögernd: „Heute ist doch Sonntag!"
„Ja und? Da musst du dir doch ein besonders gutes Geschäft versprechen! Übers Wochenende kommen viele Ausflügler heraus."
„Ich weiß, Herr, aber ..."
„Aber was?"
Der Junge hob den Geigenbogen, wies damit in den Himmel, legte ihn gleich darauf wieder an die Saiten der Geige und begann wieder zu spielen. Dabei sagte er: „Es ist auch noch ein besonders schöner Sonntag. Die Sonne leuchtet, mit ihr der Himmel und das Meer. Letzte Woche habe ich gut verdient und hoffe, dass es auch in der nächsten Woche so gut bleibt. Ja, vielleicht lachen Sie jetzt über mich. Aber für all das kann ich dem Schöpfer doch auch mal ein Ständchen bringen, nur ihm. Allein für einen so schönen Tag. Finden Sie nicht?"
Der Vater starrte den dunklen Jungen verwundert an. Verlegen fragte er seine Tochter leise: „Gisa, hast du das gehört?"
„Ich bin ja nicht taub", wollte sie sagen, hielt aber lieber den Mund und gab keine Antwort. Sie stand still da und versuchte zu sehen, was der Junge sah. Und sie sah erstaunt, dass es stimmte, was er sagte: Die Sonne strahlte, mit ihr der Himmel und das Meer, der Sand leuchtete und am Ufer blinkten die Kiesel, über die die heranrollenden Wellen leckten. Vor dem wunderbaren Himmel segelten Möwen wie winzige spielende Wolken auf und nieder. Gisa fiel nichts ein, was in diesem Augenblick schöner sein konnte als das, was sie hörte und sah.